# 국어 교과서 작품 읽기
## 중2 수필

# 국어 교과서 작품 읽기: 중2 수필

전면 개정판 1쇄 발행 • 2018년 12월 10일
전면 개정판 19쇄 발행 • 2024년 11월 20일

엮은이 • 박종호 주예지
펴낸이 • 염종선
책임편집 • 정편집실
조판 • P.E.N.
펴낸곳 • (주)창비
등록 • 1986년 8월 5일 제85호
주소 • 10881 경기도 파주시 회동길 184
전화 • 031-955-3333
팩시밀리 • 영업 031-955-3399 편집 031-955-3400
홈페이지 • www.changbi.com
전자우편 • ya@changbi.com

ⓒ (주)창비 2018
ISBN 978-89-364-5882-9 44810
ISBN 978-89-364-5967-3 (전3권)

# 국어 교과서 작품 읽기

중2 수필

박종호·주예지 엮음

창비

우리는 학교에서 여러 과목을 공부합니다. 과목마다 학습 방법도 재미도 다르지만, 한 가지 공통점이 있다면 모두 우리말, 우리글로 이루어진다는 점입니다. 달리 말해 국어 공부가 바탕이 되지 않으면 다른 과목이 더 어렵게 느껴질 수도 있지요. 더욱이 국어는 학교에서 배워야 하는 공부의 대상일 뿐 아니라 우리 삶 곳곳에서 쓰이는 소통의 도구입니다. 따라서 국어를 익히는 과정은 세상과 소통하는 법을 배우며 한 인간으로서 성장하는 과정이기도 합니다.

'국어 교과서 작품 읽기'는 2010년 출간된 이래 수많은 학생들과 학부모, 선생님들에게서 큰 관심과 사랑을 받아 왔습니다. 이전까지 한 권이던 국정 국어 교과서에서 여러 권의 검정 국어 교과서로 바뀌면서 나오기 시작한 '국어 교과서 작품 읽기'는 변화된 교육 과정에 발맞추어 다종의 국어 교과서에 실린 문학 작품을 갈래별로 가려 뽑아 재구성해 다채로운 작품을 접할 수 있게 한 시리즈입니다. 초판 이후 2013년부터 새로운 교육 과정에 맞추어 개정판을 냈으며, 이번에 다시 한번 개정된 교육 과정에 맞추어 2019년 새 국어 교과서 9종에 대비하는 '전면 개정판'을 내게 되었습니다.

2018년부터 시행되고 있는 '2015 개정 교육 과정'은 학생이 자신과 세계를 이해하고 공동체의 구성원으로 소통하는 법을 배울 수 있도록 국어 교과 역량을 기르는 것을 강조합니다. 즉 비판적·창의적 사고 역량, 자료·정보 활용 역량, 의사소통 역량, 공동체·대인 관계 역량, 문화 향유 역량, 자기 성찰·계발 역량 등을 키우는 일이 중요해집니다. 이를 위해 과목을 넘나드는 창의 융합 활동이 제시되고, 학습량을 20퍼센트 가까이 줄이는 대신 학습의 질을 높였습니다. 국어 교과서에서도 문학 작품을 인문, 과학 영역과 접목해 통합적으로 읽고 생각하기를 권장하고 있습니다.

이번 '국어 교과서 작품 읽기'는 이처럼 문학 작품 독해의 질을 높이고 국어 능력을 강조하는 교육 과정의 큰 변화에 발맞추어 전면 개정한 것입니다. 이 시리즈는 문학 작품을 읽어 가면서 느낀 재미와 감동을 확인하고 생각하는 힘을 기르는 데 도움을 줄 것입니다.

수필은 실제로 일어난 일을 겪고 나서 쓴, 곧 자신의 체험에서 길어 올린 생각이나 느낌을 자연스럽게 드러내는 글입니다. 나아가 사물이나 대상을 이해하기 쉽게 설명하거나 그에 대한 정보를 담은 글도 수필에 넣기도 합니다.

이 책에는 수필 31편을 실었습니다. 9종의 국어 교과서에 실린 수필을 꼼꼼하게 읽은 뒤에 중학교 2학년 수준에서 재미있고 즐겁게 읽을 수 있는 글, 정보를 전하거나 새로운 지식을 얻을 수 있는 글, 생각을 깊고 넓게 펼쳐 가도록 돕는 글을 골라서 배열했습니다.

1부는 대상에 대한 지식과 정보를 설명하는 글, 현상이나 사물을 매체 자료와 함께 제시하여 정보를 이해하며 읽도록 돕는 글을 묶었습니다. 사람과 사물, 사회, 식물이나 동물에 대해서 우리가 미처 모르는 것을 알게 해 주는 글도 있고, 자연이나 과학 현상에 대한 궁금증을 풀어 놓고 맥락을 밝히는 글도 있습니다. 다양한 분야의 지식과 정보를 담은 글이다 보니 조금 어려운 주제도 있지만, 찬찬히 읽어 나가다 보면 얻는 것도 많을 거예요. 2부는 일상에서 경험한 바를 다양한 표현으로 풀어내는 글을 묶었습니다. 교훈을 주는 글, 날카롭게 풍자한 글, 숨겨진 진실을 이야기하는 글도 있습니다. 글쓴이의 생각과 느낌, 경험이 드러나는 개성적인 표현에 주의를 기울이며 읽어 보시기 바랍니다. 그리고 각 부마다 여러분이 스스로 읽고, 쓰고, 생각을 정리하고 생각을 펼쳐 볼 수 있도록 독후 활동을 정성스럽게 마련해 놓았습니다.

이 책을 읽다가 알지 못했던 정보를 담은 글을 만나면, 정보를 정확하게 이해하고, 이를 바탕으로 '다르고 새로운' 생각을 해 보기 바랍니다. 또한, 사람들이 사는 모습과 이런저런 삶의 과정에서 퍼 올린 생동감 있는 이야기를 만나 보시기 바랍니다. 이 책을 읽으면서 '진짜' 공부는 숙제를 하거나 시험을 보기 위해서 하는 것만이 아니라, 여러분 스스로 살아가는 데 도움이 되는 힘을 기르고, 자기를 가꾸는 것임을 깨닫게 되길 바랍니다.

2018년 12월

박종호 주예지

차례

## 1부 우리는 왜 간지럼을 느낄까

## 2부 아끼다가 똥 될지라도

**일러두기**

1. '2015 개정 교육 과정'에 따른 중학교 검정 교과서 9종 『국어』 2-1, 2-2에 수록된 수필 중에서 31편을 가려 뽑아 수록하였습니다.

2. 집필진이 손질한 교과서 수록 글을 저본으로 삼았고, 일부는 단행본에 실린 글을 저본으로 삼았습니다.

3. 한자는 모두 한글로 바꾸고 꼭 필요한 경우에만 괄호 안에 넣었습니다.

4. 낱말 풀이를 달았습니다.

5. 활동의 예시 답안은 창비 홈페이지(www.changbi.com)의 '자료실―어린이 청소년 자료실'에 있습니다.

1부

우리는
왜 간지럼을
느낄까

------------ 1부에는 어떤 대상에 대한 지식과 정보를 설명하는 글을 중심으로 엮었습니다. 설명하는 글을 잘 읽으려면 어떻게 해야 할까요? 설명하는 글은 대상에 대한 정보를 효과적으로 전달하기 위해서 적절한 '설명의 방법'을 사용합니다. '정의'는 설명하는 대상의 뜻을 분명하게 풀어서 한정해 주는 것이고, '예시'는 익숙한 사례를 들어서 보여 주는 방법입니다. 또한 '비교와 대조'는 둘 이상의 대상을 비슷한 점과 차이가 나는 점을 중심으로 설명합니다. '분류'는 일정한 기준으로 대상을 묶어서 설명하고, '인과'는 사실이나 현상을 원인과 결과로 나누어 설명합니다. 그 밖에도 '분석'은 복잡한 것을 부분으로 나누어 설명하고, '과정'은 결과나 변화에 이르는 과정이나 절차에 따라서 설명합니다.

이렇게 글에 사용된 '설명의 방법'을 잘 파악하면, 설명하는 글의 중심 생각이나 핵심 정보가 무엇인지 잘 알게 됩니다. 여기서 여러분이 만날 글들은 뭔가를 자꾸 풀어서 받아들이게 하기 때문에 자칫 딱딱하고 재미는 덜할 수도 있습니다. 그렇지만, 모르고 있던 사실을 알게 되거나, 다 아는 듯하지만 제대로 알지 못하고 있던 사실을 정확하게 알게 도와줍니다. 사실을 알아 가는 재미를 느끼면서 동시에 우리가 사는 현실의 문제에 대해 새로운 호기심을 갖는 기회가 되기를 바랍니다.

# 명태의 귀환
## - 집 나간 국민 생선이 돌아왔다!

『과학동아』 집필진

 

 

따끈한 생태탕, 푸짐한 코다리찜, 짭짤한 명란젓……. 이름은 다 달라도 모두 명태 요리이다. '국민 생선'이라고 불릴 만큼 사랑받는 생선 명태. 그런 명태가 안타깝게도 2008년 이후로 우리 바다에서 사라졌다. 그런데 최근 명태 양식에 성공했다는 소식이 들린다. 우리 식탁에 국산 명태가 오르는 날이 다시 찾아올까.

### '국민 생선' 명태

명태만큼 여러 이름으로 불리는 생선이 있을까? 예로부터 우리나라에서는 잡은 지 얼마 안 된 싱싱한 '생태'로, 또는 꽁꽁 얼린 '동태'로 얼큰하게 탕을 끓여 먹고 매콤하게 찜을 해 먹었다. 꾸덕꾸덕하게* 말려 찜 요리에 적당한 '코다리', 노릇

---

• 꾸덕꾸덕하다 물기 있는 물체의 거죽이 조금 마르거나 얼어서 꽤 굳어 있다.

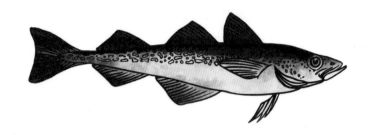

노릇하게 구워 먹는 '노가리'*, 통통한 주머니 안에 작은 알들
이 가득한 '명란젓', 꼬들꼬들한 식감을 자랑하는 '창난젓'까지
모두 명태로 만든 것이다. 눈과 비, 바람을 맞히며 오랫동안
말린 '황태'나 바싹 말린 '북어'로 육수를 우려내 요리의 기본
재료로 쓰기도 한다. 많은 이름에서도 알 수 있듯, 우리 식단
에 가장 많이 등장하는 생선이 명태다.

　하지만 명태는 다른 나라에서는 그렇게 인기 있는 생선이 아
니다. 살코기 자체에 별다른 맛이나 식감이 없어, 불에 직접
구워 먹기를 좋아하는 식문화에는 어울리지 않기 때문이다.
그래서 외국에서는 다른 생선과 함께 잘게 다져서 어묵을 만
들거나, 튀김옷을 입혀 바삭하게 튀겨서 소스를 묻혀 먹는다.
하지만 얼큰한 국물을 좋아하는 한국인의 입맛에는 딱 맞는
'국민 생선'이라 해도 손색이 없다. 우리나라에서는 명태를 한
해에 25만 톤이나 소비한다.

• 노가리 명태의 새끼.

## 국산 명태가 사라졌다

명태는 1970년대만 해도 동해에서 매년 7만 톤 안팎으로 잡힐 만큼 흔했다. 알을 밴 고기일수록 맛이 좋고 어린 고기까지 술안주로 인기 있었던 탓일까. 결국, 우리 바다에서 명태의 씨가 말라 버렸다. 2008년 이후 매년 우리나라 가까운 바다에서 잡히는 명태는 1톤 안팎이다. 지금 우리 식탁에 올라오는 명태는 거의 다 수입한 것으로, 러시아산이 대부분이다.

전문가들은 국산 명태가 사라진 원인 중 하나로, 어린 명태까지 마구잡이로 잡은 것을 든다. 기후가 변하면서 동해의 표층 수온이 변한 것도 원인으로 추정한다. 명태는 차가운 물을 좋아하는 냉수성 어류인데, 수온이 올라가는 바람에 동해가 이제는 명태가 살기 어려운 환경이 되었다는 것이다. 국립수산과학원에 따르면 동해의 연평균 표층 수온은 1970년부터 2016년까지 47년간 섭씨 0.93도가량 올랐다. 이렇게 바닷물이 따뜻해지면서, 1970년대와 1980년대에 많이 잡히던 명태와 정어리, 갈치, 쥐치의 수가 줄어들었다. 특히 명태와 정어리는 2000년대 이후 찾기가 힘들다. 대신에 1990년대부터 오징어, 멸치, 고등어 등이 늘어났으며 예전에는 우리 바다에 거의 없던 온대성, 아열대성 물고기들이 많이 나타났다. 모두 기후 변화에 따른 현상이다.

## 집 나간 명태를 찾습니다

명태는 이대로 국민 생선의 명성을 잃고 마는 것일까. 해양수산부는 국산 명태를 복원할 필요성을 인식하고 2014년 '명태 살리기 프로젝트'를 시작했다. 국립수산과학원 동해수산연구소, 강원도 한해성수산자원센터, 강릉원주대가 함께 연구팀을 꾸렸다. 이 프로젝트는 국산 명태를 대량으로 번식시킬 수 있도록 완전 양식 기술을 개발하는 데 목표를 두었다.

완전 양식은 명태를 인공적으로 키워 종자를 생산하는 기술이다. 먼저 동해에서 살아 있는 명태를 잡아 수정란을 얻은 다음 인공적으로 부화하게 한다. 이렇게 부화한 어린 고기를 건강한 성체(成體)•로 잘 사육해서 다시 수정란을 얻는다. 이 과정이 순조롭게 되풀이된다면 명태를 바다에서 낚지 않고도 계속 생산할 수 있다.

그런데 명태를 완전 양식 하려니 걸림돌이 있었다. 우선 동해에서 명태를 찾기가 쉽지 않았다. 어쩌다 명태를 잡더라도 수정란을 얻을 수 있을 만큼 성숙하지 않거나 건강하지 않았다. 명태를 잡아 올리는 과정도 문제였다. 명태는 깊은 바닷속에서 살기 때문에 자망(刺網)•을 이용해서 잡는다. 자망의 그물코는 물고기보다 작아서, 지나가던 물고기들이 그 그물코에 걸려 낚인다. 그물에 걸릴 때 상처가 나거나 스트레스를 받기 때문에, 이렇게 잡힌 명태는 2~3일 안에 죽기 일쑤였다. 결국, 연구팀은 한 마리에 50만 원씩 현상금을 걸고 '살아 있는

• 성체 다 자라서 생식 능력이 있는 동물. 또는 그런 몸.
• 자망 바다에서 물고기 떼가 지나다니는 길목에 쳐 놓아 고기를 잡는 데 쓰는 그물.

명태 어미 고기'를 찾아 나섰다.

몸값까지 걸며 간절히 찾은 덕분일까. 명태 살리기 프로젝트를 시작한 이듬해인 2015년 1월, 건강한 자연산 명태 어미 한 마리를 구할 수 있었다. 그리고 그해 2월, 실내 수조에서 질 좋은 수정란 53만 개를 얻어 인공 부화시켰다.

### 명태 완전 양식, 세계 최초로 성공하다

'명태 살리기 프로젝트' 연구팀은 명태가 살기에 가장 적절한 수온을 찾기 시작했다. 그 결과 섭씨 7~12도에서 잘 자란다는 사실을 알아냈다. 그리고 명태를 키우는 실내 수조에 병원체*가 얼마나 있는지, 이것이 어린 고기에게 어떤 영향을 미치는지도 연구했다. 어린 고기가 질병에 걸리는 일을 예방해 초기 생존율을 높이기 위해서였다.

또 하나 특별하게 고려한 것은 먹이였다. 알에서 부화한 새끼 명태에게 적합한 저온성 먹이생물이 당장 없었기 때문이다. 보통은 어류 종자를 생산할 때 동물성 플랑크톤인 로티퍼를 먹이로 쓴다. 그래서 명태가 사는 차가운 물에 로티퍼를 넣었더니, 로티퍼는 활력을 잃고 수조 바닥으로 가라앉아 버렸다. 로티퍼는 섭씨 25도 이상의 환경에서 잘 자라기 때문에, 명태에게 맞는 온도가 로티퍼에게는 너무 낮았던 것이다. 그렇게 가라앉은 로티퍼는 심지어 수질을 악화시키기까지 했다.

---

• 병원체 병의 원인이 되는 본체. 세균, 바이러스, 기생충 등의 미생물이 이에 해당한다.

연구팀은 '저온성 먹이생물 배양* 장치'를 개발해, 로티퍼가 자라는 수조의 온도를 단계적으로 낮췄다. 그런 다음 차가운 물에서도 활기를 띠는 로티퍼만 고른 뒤 따로 배양했다. 이렇게 배양한 로티퍼는 약 섭씨 10도의 물에서 10퍼센트 이상 증식했다. 저온성 로티퍼는 명태뿐 아니라 대구 등 다른 냉수성 어류를 사육하는 데에도 큰 역할을 하리라 본다.

연구팀은 고도 불포화 지방산(EPA, DHA) 같은 영양 성분이 든 고에너지 명태 전용 배합 사료도 개발했다. 명태가 잘 성장하고 성숙하는 데 필요한 영양 성분을 이 사료로 공급했다. 그 결과, 연구팀이 사육하는 명태는 자연 상태에서보다 훨씬 빨리 자랐다. 명태는 원래 알을 낳을 정도로 성숙하는 데 3~4년이 걸리지만, 연구팀이 키운 명태는 약 1년 8개월 만에 성숙해 2016년에 알을 낳았다. 명태를 완전 양식하는 데 세계 최초로 성공한 것이다.

### 명태의 오늘과 내일

2017년 1월 23일, 해양수산부는 2016년 동해에서 잡힌 명태 가운데 예순일곱 마리의 유전 정보를 분석해 봤더니 그중 두 마리의 유전 정보가 2015년에 방류한* 인공 1세대의 것과 일치했다고 밝혔다. 인공적으로 키워 방류한 명태가 자연에 잘

---

• 배양 인공적인 환경을 만들어 동식물 세포와 조직의 일부나 미생물 따위를 가꾸어 기름.
• 방류하다 물고기를 기르기 위하여 어린 새끼 고기를 강물에 놓아 보내다.

적응해 살고 있다는 뜻이다.

　이제부터는 명태를 대량으로 생산할 방법을 찾아야 한다. 국립수산과학원 동해수산연구소 변순규 박사는 "유전적 다양성을 위해 자연산 명태 어미 고기를 계속 확보하고, 1세대 어미를 관리해 질 좋은 수정란을 얻는 기술을 발전시킬 계획"이라고 말했다. 또 "질병을 예방하기 위해 계속 관찰하면서 우수한 종자를 만들 수 있는 기술을 개발할 것"이라고 밝혔다.

　그렇다면 이렇게 키운 명태를 언제쯤 맛볼 수 있을까? 이제 막 인공 양식 기술을 개발한 수준이므로 양식 명태가 당장 식탁에 오르기는 어렵다. 변 박사는 "어업인들에게 수정란을 분양하고 기술 지도를 하고 있다."라고 말했다. 국립수산과학원에서는 대량 생산이 되면 육지에서는 수조 양식(養殖)*으로, 바다에서는 가두리 양식*으로 동시에 명태를 키워 낼 계획도 하고 있다. 이대로라면 머지않아 우리 식탁에 국산 양식 명태가 올라오지 않을까 기대한다.

---

* 수조 양식 물을 담은 큰 통에서 여러 가지 물고기를 기르고 번식시키는 일.
* 가두리 양식 그물을 물에 쳐서 구획을 지어, 그 안에서 여러 가지 물고기를 기르고 번식시키는 일.

# 『토지』는 히까닥하지 않았다

박웅현

"히까닥한 아이디어 좀 없나?" 이 말은 십수 년 동안 나에게 고문이었다. 왜 광고를 해야 하는지, 이번 광고가 풀어야 할 문제는 무엇인지, 메시지는 무엇이어야 하는지, 대상은 누구인지 많은 문제는 이 정체불명의 말 앞에서 무력한 존재였다. 때로는 선배가, 때로는 광고주가, 또 가끔은 동료나 후배가 던지는 이 말에 내가 할 수 있는 대응은 그저 내가 지을 수 있는 가장 멍청한 표정으로 웃어 주는 일뿐이었다.

아직도 '히까닥'을 모르는 분들은 분명 광고인이 아니거나 억세게 운이 좋은 광고인일 텐데, 그 뜻을 나름대로 정리해 보자. 대강 '뛰는', '앞뒤 문맥에 상관없이 재미있는' 정도의 뜻이 될 것이다.

노골적으로 말해서 나는 광고의 본질을 '히까닥한 아이디어 찾기'로 보는 사람을 좋아하지 않는다. 그들은 필시 광고를 말초적˚인 말장난 만들기나 눈에 띄는 그림 찾기 정도로 생각하는 사람들이다. 그들에게 광고는 '끼 있는' 사람들이 모여 '튀는' 아이디어를 찾는 과정이다. 만약 그들의 생각이 옳다면 나는 광고를 잘하기 위해 튀는 책을 읽어야 할 것이다. '히까닥' 한 아이디어의 교본이라 할 수 있는 텔레비전의 개그 프로그램도 놓치지 말아야 할 것이다. 불행하게도 나는 그런 일에 매우 서툴다. 따라서, 만약 그들의 생각이 옳다면 나는 당장 내가 잘할 수 있는 다른 일을 찾아야 할 것이다.

얼마 전 나는 '히까닥'과는 은하계 건너편에 있을 만큼 거리가 먼 책을 하나 읽었다. 말이 하나지 무려 스물한 권짜리 대하소설, 박경리의 『토지』가 바로 그 책이다. 벼르고 벼르다 지난해 가을에 시작, 올 초에 끝을 낸 것이다. '끼 있고 튀는' 말장난 하나 없고, 엽기적인 에피소드 하나 없는 책, 평소 좋은 구절이 나오면 줄 치기를 잊지 않는 나 같은 독자 입장에서 그 긴 책을 읽는 동안 줄 칠 일이 별로 없었던 어찌 보면 밍밍한 이야기책. 그럼에도 내가 믿어 의심치 않는 것은 책 읽기가 광고라는 일을 하고 있는 나의 기초 체력이 되리라는 사실이다.

광고는 시대 읽기다. 지금 우리가 살고 있는 이 시대의 시대정신이 무엇인지를 파악하는 일은 껌 광고에서부터 기업 광고에 이르기까지 모든 영역의 광고에 필수적이다. 시대정신을 제대로 읽지 못하는 광고는 공감대가 없고, 공감대가 없는 광

---

• 말초적 정신이나 영혼에 영향을 주지 못하고 말초 신경(중추 신경 계통인 뇌와 척추의 바깥에 있는 신경들)만 자극하는. 또는 그런 것.

고는 존재 이유가 없다.

광고는 또한 사람 읽기다. 갓난아이부터 파파* 할머니까지 모든 사람들의 바람과 현실, 희망과 절망을 가능한 한 많이 알아야 한다. 그래야 그들과 진솔한 대화를 할 수 있고 진솔한 대화가 있어야 그들의 마음이 열린다. 광고는 궁극적으로 사람들의 마음을 열기 위한 노력의 결과이다. 그래서 우리는 타깃 분석에 그렇게 많은 시간과 땀을 투자하는 것이다. 사람이야말로 아는 만큼 보이고 그때 보이는 것이 전과 같지 않은 존재다. 사회와 시대, 그리고 사람들의 심리와 행동을 읽어 내기 위한 매우 고단하고도 진지한 작업, 광고라는 전혀 '히까닥'하지 않는 그 일을 잘하기 위해, 나는 지난 넉 달간, 한 첩의 보약을 먹듯 『토지』를 읽었다.

* 파파 머리털이 하얗게 센 모양. 또는 그런 머리털.

---

박웅현 1961~
광고인. 고려대학교 신문방송학과를 졸업하고, 뉴욕대학교 텔레커뮤니케이션 석사 학위를 받았다. 지은 책으로 『인문학으로 광고하다』(공저) 『책은 도끼다』 『여덟 단어』 『다시 책은 도끼다』 등이 있다.

# 착한 소비, 내 지갑 속의 투표용지

KBS 「명견만리」 제작진

 

사탕, 초콜릿, 과자가 옹기종기 늘어서 있다. 메모지에 쓴 손 편지도 보인다. '힘내세요.', '행복하게 지내세요.' 같은 응원의 글도 있고, 감사 인사가 적힌 쪽지도 있다.

이러한 풍경을 볼 수 있는 곳은 뜻밖에도 지하철의 한 물품 보관함. 수많은 사람이 잠시 물건을 보관하는 용도로 사용하는 물품 보관함이 특별한 공간으로 변신한 것은 2015년의 일이다. 한 사회 관계망 서비스의 사용자가 서울 지하철 2호선 강남역의 물품 보관함에 초콜릿을 넣어 두었으니 누구든 꺼내 먹으라는 글을 올리면서부터였다.

이 소소한 나눔에 감동한 사람들이 동참했고, 달콤한 간식을 먹고 힘내라는 의미에서 '달콤 창고'라는 이름이 붙었다. 한 달에 5만 원인 물품 보관함 대여료를 기꺼이 내는 사람들과 가벼운 주머니를 털어 얼굴도 모르는 타인을 위해 간식을 넣어 두는 사람들 덕분에 달콤 창고는 전국 지하철역을 중심으로 퍼져 나갔고, 불과 몇 달 만에 백여 곳으로 늘어났다.

달콤 창고에 누가 간식을 가져다 놓고 가져가는지는 아무도 모르지만, 이 공간을 통해 익명*의 사람들이 서로를 위로하며 마음을 나누고 있었다. 어떻게 일면식*도 없는 사람들끼리 살갑게 챙겨 주고 따뜻한 말을 건넬 수 있을까? 이기기 위해 남을 밟고 올라서야 하는 무한 경쟁의 시대에 달콤 창고는 이해하기 힘든 낯선 흐름이다.

한 나라 국민이 겪는 경제적 고통의 정도를 보여 주는 지표가 있다. 실업률과 물가 상승률을 바탕으로 산출되는* '체감 경제 고통 지수'가 그것인데, 지수가 높을수록 경제적 고통이 심하다는 뜻이다.

우리나라의 체감 경제 고통 지수는 2006년 약 13포인트에서 점점 올라 2015년 22포인트까지 치솟았다. 국민이 느끼는 경제적 고통이 해가 갈수록 큰 폭으로 증가했다는 증거이다. 생활이 넉넉해지기는커녕 점점 더 어려워지는데, 강자만이 살아남는 정글 속에서 사람들은 왜 자신이 가진 것을 남과 나누려고 할까?

확실한 것은 이러한 움직임이 몇몇 착한 사람만의 선행이 아니라는 사실이다. 지극히 평범한 사람들이 만들어 내는 새로운 일상의 풍경이다. 게다가 역설적이게도 위기가 닥칠 때 사

* 익명 이름을 숨김. 또는 숨긴 이름이나 그 대신 쓰는 이름.
* 일면식 서로 한 번 만나 인사나 나눈 정도로 조금 앎.
* 산출되다 계산되어 나오다.

람들의 착한 움직임은 더욱 커진다.

경제가 나빠질 때 착한 소비의 모습이 어떻게 변하는지를 분명하게 보여 주는 그래프가 있다. 세계 공정 무역[*] 매출액은 지난 2004년 이래 꾸준히 증가해 왔는데, 특히 2008년 이후 금융 위기의 여파[*]로 세계 경제 성장률이 마이너스로 돌아섰을 때에도 공정 무역 매출액은 증가 추세를 보였다.

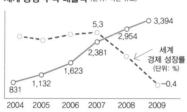

세계 공정 무역 매출액 (단위: 백만 유로)

출처: 세계공정무역인증기구 연간 보고서.

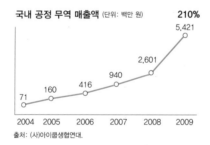

국내 공정 무역 매출액 (단위: 백만 원)

출처: (사)아이쿱생협연대.

우리나라의 상황도 이와 다르지 않다. 우리나라의 공정 무역

---

• 공정 무역 상호 간에 혜택이 동등한 가운데 이루어지는 무역.
• 여파 어떤 일이 끝난 뒤에 남아 미치는 영향.

매출액은 2008년에서 2009년까지 1년 사이에 무려 210퍼센트나 증가했다. 경제가 안 좋을 때 타인을 생각하는 착한 소비가 오히려 늘어나는 이상한 현상이 벌어진 것이다.

의미 있는 소비를 하려는 사람들의 열망을 보여 주는 또 다른 사례가 있다. 서울에 있는 한 사진관은 고객이 사진을 찍을 때마다 장애인, 미혼모, 다문화 가정, 혼자 사는 노인 등 소외 계층의 사람들에게 촬영권을 준다.

일대일 기부 방식을 도입하자 손님도 늘어났다. 같은 가격에 좋은 일까지 할 수 있다는 사실이 사람들을 움직였다. 심지어 추가로 돈을 기부하면서 소외된 이웃을 위한 사진을 더 많이 찍어 달라고 부탁하는 사람들도 꽤 있다. 이 사진관과 같은 일대일 기부를 포함해, 정기적으로 기부에 참여하는 가게가 매년 급격하게 늘어나고 있다.

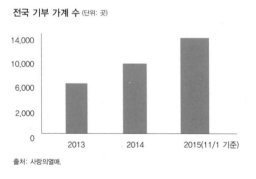

**전국 기부 가게 수** (단위: 곳)

출처: 사랑의열매.

사람들은 이제 가격이나 품질이 아무리 좋아도 비인간적이고 이기적인 과정을 거쳐 만들어진 물건이라면 더는 그것을

소비하려 들지 않는다. 따라서 기업들도 예전보다 훨씬 더 가치 지향적[•]인 경영을 해야 한다. 한 세계적인 커피 회사는 2000년대 초반 제3세계[•] 커피 농부들을 정당하게 대우하지 않는다는 사실이 알려지면서 엄청난 손가락질을 받은 뒤, 공정 무역 커피를 도입하며 친환경 기업의 이미지를 만들어 나갔다.

물론 착한 가치를 내세운다고 해서 기업이 선한 의도와 목적을 갖게 되었다고 보기는 어렵다. 이것이 윤리 경영이 아니라 이미지 마케팅[•]에 불과하다고 보는 시각도 많다. 그러나 기업이 선하게 행동하도록 만든 것 자체가 한 단계 나아가는 것임은 분명하다. 좋은 일을 하는 기업이 성공하는 사례가 거듭된다면 점차 시장의 질서도 합리적으로 바뀔 것이다. 그리고 세

• 가치 지향적 어떤 사고나 행위를 할 때 가치의 문제를 가장 중요한 기준으로 삼는 것.
• 제3세계 제2차 세계 대전 뒤, 아시아·아프리카·라틴아메리카의 개발도상국을 이르는 말.
• 이미지 마케팅 상표 콘셉트 등 감성에 의한 이미지를 고객의 마음속에 심어 주는 활동.

계는 이미 그러한 방향으로 변해 가고 있다.

그동안 경제학에서는 합리적인 선택을 하는 것, 즉 자신에게 가장 이익이 되는 쪽을 선택하는 것이 '호모 에코노미쿠스'인 인간의 본성이라고 여겨 왔다. 경제학에서 이제껏 인간의 이기적 본성을 부각해 왔던 것은 모두가 자기 위치에서 자기 이익을 추구하면 그것이 건강한 경쟁을 통해 모든 사람에게 행복을 가져다줄 것이라고 믿었기 때문이다. 하지만 이기심을 바탕으로 한 경쟁은 기대와 달리 환경 파괴, 물질 숭배, 지나친 경쟁, 인간성 상실 등 온갖 문제를 발생시켰다.

지금 세계 곳곳에서 나타나는 착한 소비의 움직임은 그동안의 이기적 선택에 대한 반성과 함께 이타심(利他心)이라는 인간의 본성이 발현된 것이라고 할 수 있다. 경제가 어려울수록 착한 소비가 더욱 확산하는 이유 역시 여기에서 찾을 수 있다.

착한 소비는 단순히 경제 활동의 문제가 아니다. 착한 소비는 한 장의 투표용지와 같다. 우리가 어디에, 어떻게 소비하느냐에 따라 기업이, 사회가, 그리고 세상의 미래가 달라질 수 있다.

● 호모 에코노미쿠스 윤리적이거나 종교적인 동기와 같은 외적 동기에 영향을 받지 않고 순전히 자신의 경제적인 이득만을 위해 행동하는 사람.
● 이타심 자기의 이익보다는 다른 사람의 이익을 더 중요하게 생각하는 마음.

# 정보를 담은 그림, 픽토그램

함영훈

　여러분, 안녕하세요. 저는 △△중학교 2학년 ○○○입니다. 오늘 저는 여러분들과 함께 제가 좋아하는 그림 몇 장을 같이 보고, 이야기도 나누고 싶어 이렇게 나왔습니다. 그림 좋아하시나요? 그럼 이런 그림은 어떠세요?

　네, 화장실을 나타내는 그림입니다. 우리는 지하철이나 공원 같은 공공장소에서 화장실, 비상구, 엘리베이터 등을 나타내는 그림을 자주 만날 수 있지요. 오늘 저의 발표 주제이기도 한 이것, 바로 픽토그램입니다.

픽토그램은 그림을 뜻하는 '픽토(picto)'와 전보*를 뜻하는 '텔레그램(telegram)'을 합쳐 만든 말입니다. 사물, 시설, 행위, 개념 등을 누구나 쉽게 알아볼 수 있도록 상징적으로 나타낸 일종의 그림 문자이지요.

이러한 픽토그램은 오늘날 새로운 의사소통의 수단이자 언어로서 주목받고 있습니다. 픽토그램은 국적과 언어에 상관없이 경고나 안내, 지시와 같은 정보를 누구에게나 바로 전달할 수 있기 때문입니다.

그럼 픽토그램은 언제부터 사용하게 된 것일까요? 시작은 19세기 산업 혁명 때였다고 합니다. 당시 기술과 운송 수단이 크게 발달하면서 나라와 나라를 잇는 도로가 많이 건설되었습니다. 이렇게 나라 간의 교류가 늘어나자 자연스럽게 다른 나라 사람들에게도 경고나 안내, 지시와 같은 정보를 전달할 필요가 생겨난 것이지요. 결국 1909년 프랑스 파리에서 처음으로 다음과 같은 그림 문자 형태의 네 가지 교통 표지판이 국제 협약으로 인정받게 되었습니다.

1909년 프랑스 파리에서 국제 협약으로 채택된 최초의 교통 표지판

---

• 전보 전신을 이용한 통신이나 통보.

오늘날 독일의 교통 표지판

픽토그램 하면 빼놓을 수 없는 것이 하나 있습니다. 바로 올림픽 픽토그램입니다. 서로 다른 언어를 사용하는 사람들에게 경기 종목과 사용 시설 등에 관한 정보를 전하려면 픽토그램만큼 효과적인 게 없겠지요? 예를 들어 보겠습니다. 다음의 자료들을 보면서 제 말에 귀를 기울여 주세요.

올림픽 픽토그램은 1936년 베를린 올림픽 때 경기 종목별 픽토그램이 만들어지면서 탄생했습니다. 이후로 2000년 이전까지의 올림픽 픽토그램은 정보를 전달하는 역할을 충실히 했지요. 2000년대에 들어서면서부터는 픽토그램이 개최국의 개성까지 표현하고 있는데, 저는 이 점이 매우 흥미로웠습니다.

1936년 베를린 올림픽 픽토그램

2000년 시드니 올림픽 픽토그램은 호주 원주민의 부메랑을 주제로 하였고, 2008년 베이징 올림픽에서는 중국의 갑골 문

2000년 시드니 올림픽 픽토그램

2008년 베이징 올림픽 픽토그램

2018년 평창 동계 올림픽 픽토그램

자 형태를 본떠 픽토그램을 만들었습니다. 2018년 평창 동계 올림픽에서는 한글을 활용한 역동적인 모습의 픽토그램을 내놓았습니다. 이처럼 오늘날의 올림픽 픽토그램은 국가의 이미지를 드러내는 수단이 되기도 합니다.

이번에는 조금 색다른 픽토그램을 하나 보여 드릴게요.

왼쪽은 도로에서 흔히 볼 수 있는 평범한 진입 금지 픽토그램입니다. 오른쪽은 어떤가요? 이 픽토그램은 프랑스의 어떤 거리에서 실제로 볼 수 있다고 하는데요, 똑같이 진입하지 말

**진입 금지 픽토그램**

라는 정보를 담고 있기는 하지만 약간 다르지요? 사람 모양 하나가 추가되었을 뿐인데 우리는 이 픽토그램을 보고 재미와 생동감을 느낄 수 있습니다. 이처럼 최근에 나타난 픽토그램은 정보뿐 아니라 감성까지 담고 있는 경우가 많습니다.

　지금까지 픽토그램에 관해 이야기해 보았습니다. 픽토그램, 이제는 낯설거나 어렵지 않지요? 픽토그램은 그냥 그림이 아닙니다. 정보를 담은 그림입니다. 국적과 언어, 문화를 뛰어넘어 의미를 전달해 주는 중요한 기호입니다. 전 세계가 하나의 나라처럼 통하게 될 미래 사회에는 픽토그램의 중요성이 더욱 커질 것입니다. 끝까지 경청해 주셔서 감사합니다.

함영훈 1979~
그래픽디자이너. 홍익대학교 커뮤니케이션디자인학과를 졸업했다. 지은 책으로 『좋아 보이는 것들의 비밀, 픽토그램』이 있다.

# 정전기가 겨울로 간 까닭은?

김정훈


　겨울만 되면 정전기가 기승*을 부린다. 자동차 문의 손잡이
를 잡을 때 찌릿하기도 하고, 스웨터를 벗을 때 '찌지직' 소리
와 함께 머리가 폭탄 맞은 것처럼 변하기도 한다. 심지어 친구
의 손을 잡을 때 정전기가 튀어 깜짝 놀라는 경우도 있다. 우
리를 깜짝 놀라게 하는 정전기. 도대체 이런 정전기는 왜 생기
는 것일까?

　정전기는 전하(電荷)*가 정지 상태로 있어 그 분포가 시간적
으로 변화하지 않는 전기 및 그로 인한 전기 현상을 말한다.
쉽게 설명하면 흐르지 않고 그냥 머물러 있는 전기라고 해서
"움직이지 아니하여 조용하다."는 뜻을 가진 한자 '정(靜)'을
써 정전기라고 부르는 것이다. 우리가 실생활에서 쓰는 전기

---

• 기승 기운이나 힘 따위가 성해서 좀처럼 누그러들지 않음. 또는 그 기운이나 힘.
• 전하 물체가 띠고 있는 정전기의 양. 이것이 이동하는 현상이 전류이다.

가 흐르는 물이라면, 정전기는 높은 곳에 고여 있는 물이다. 정전기의 전압은 수만 볼트(v)에 달해 번개와 비슷하지만, 전류는 거의 없어 위험하지는 않다. 어마어마하게 높은 곳에 고여 있는 물이지만 떨어지는 것은 한두 방울뿐이라 별 피해가 없다고나 할까.

정전기가 생기는 것은 마찰 때문이다. 물질의 기본적 구성단위인 원자는 원자핵과 전자로 이루어져 있다. 전자는 작고 가벼워서 마찰을 통해 다른 물체로 쉽게 이동하기도 한다. 생활하면서 주변의 물체와 접촉하면 마찰이 일어나기 마련인데, 그때마다 우리 몸과 물체가 전자를 주고받으며 몸과 물체에 조금씩 전기가 저장된다. 한도 이상 전기가 쌓였을 때 전기가 잘 통하는 물체에 닿으면 그동안 쌓였던 전기가 순식간에 불꽃을 튀기며 이동하면서 정전기가 발생하는 것이다.

그런데 정전기로 고생하는 정도는 사람마다 다르다. 우리 주변에는 정전기로 유별나게 고생하는 사람이 꼭 있다. 다른 사람이 만졌을 때에는 괜찮았는데 이들이 만지면 어김없이 튀는 정전기. 정말 정전기는 사람을 가리는 것일까?

정전기가 언제 잘 생기는지를 보면 답을 알 수 있다. 우선 정전기는 건조할 때 잘 생긴다. 습도가 높으면 공기 중의 수분이 전하가 흘러갈 수 있는 도체(導體)* 역할을 하여 정전기가 수시

---

* 도체 열 또는 전기의 전도율이 비교적 큰 물체를 통틀어 이르는 말.

로 방전된다.* 따라서 습도가 높으면 정전기도 잘 생기지 않는다. 여름보다 겨울에 정전기가 기승을 부리는 것은 이런 까닭에서이다.

땀을 많이 흘리는 사람보다는 적게 흘리는 사람에게, 지성 피부를 지닌 사람보다는 건성 피부를 지닌 사람에게 정전기가 많이 생기는 것도 같은 까닭에서이다. 정전기는 주로 물체의 표면에 존재하기 때문에 그 사람의 피부 상태에 따라 정전기의 발생 정도가 달라진다.

둘째로 정전기는 전자를 쉽게 주고받을 수 있는 마찰에 의해 잘 생긴다. 마찰할 때 전자를 쉽게 잃는 물체가 있고, 전자를 쉽게 얻는 물체가 있다. 예를 들면, 털가죽 종류는 전자를 쉽게 잃고, 플라스틱 종류는 전자를 쉽게 얻는다. 전자를 쉽게 잃는 물체부터 쉽게 얻는 물체까지 순서대로 나열한 것을 '대전열'이라고 하는데, 그 순서는 다음과 같다.

털가죽—유리—명주—나무—고무—플라스틱—에보나이트*

우리 몸은 전자를 잘 잃는 편이므로 전자를 쉽게 얻는 나일론, 아크릴, 폴리에스테르 같은 합성 섬유로 된 옷을 자주 입는 사람은 정전기와 친할 수밖에 없다. 정전기가 잘 발생하는 사람에게 털가죽, 명주, 면과 같은 천연 섬유로 된 옷을 입으

---

• 방전되다 어떤 물체에 모여 있던 전하가 공기나 진동을 통하여 다른 물체로 이동하다.
• 에보나이트 신축성이 적고 단단한 고무. 생고무에 30~50퍼센트의 황을 더하거나 많은 양의 충전제를 배합하여 만들며, 주로 전기 절연체에 쓴다.

라고 말하는 데에는 다 까닭이 있는 것이다.

만약 피부가 건조한 사람이 이러한 충고를 무시하고 합성 섬유 소재의 스웨터를 입다가는 "앗, 따가워." 하며 비명을 지를 수 있다. 그래도 이렇게 발생한 정전기는 인체에 큰 해를 입히지 않는 편이다. 그러나 정전기가 매우 위험한 경우도 있다.

예를 들어 발화점°이 낮은 기름 종류를 운반하는 유조차는 정전기가 만들어 내는 작은 불꽃으로도 큰 위험에 처할 수 있다. 이를 막기 위해 유조차의 뒤쪽에는 땅바닥으로 늘어뜨린 접지°장치가 달려 있다. 이 접지 장치를 통해 정전기를 땅으로 내보내는 것이다.

첨단 반도체 사업장은 정전기와 싸우는 전쟁터라고 해도 될 정도이다. 반도체 부품은 정전기에 의해 쉽게 파손된다. 그래서 사업장에서 일하는 사람들은 주변에 정전기가 쌓일 만한 큰 물체를 절대 놓지 않는다. 또한 소매와 양말에 접지선이 달린 특수한 옷을 입고 반도체를 다룬다. 이처럼 정전기를 없애는 것이 산업 현장에서는 매우 중요한 과제다.

그렇다고 정전기가 마냥 해로운 것만은 아니다. 정전기는 우리 생활을 편리하게 하는 데에도 이용되고 있다. 복사기는 정전기를 이용한 대표적인 제품이다. 복사기는 정전기를 이용해 토너의 잉크 가루를 종이에 붙인다. 집진기°도 정전기를 이용

● 발화점 공기 중에서 물질을 가열할 때 불이 붙어 타기 시작하는 최저 온도.
● 접지 전기 회로를 구리선 따위의 도체로 땅과 연결함.
● 집진기 공기 속의 먼지를 모으는 장치. 공기를 맑게 하거나, 유해 성분을 제거하는 데에 쓴다.

해서 공기 중의 먼지를 모은다. 식품을 포장할 때 쓰는 랩이 그릇에 잘 달라붙는 것도 정전기 때문이다. 이처럼 정전기는 이롭기도 하고 해롭기도 한 존재다.

이제 정전기의 특성을 알았으니 조금만 주의를 기울이면 정전기 때문에 깜짝 놀랄 일을 줄일 수 있다. 구체적으로 어떻게 하면 좋을까?

우선 적절한 습도를 유지할 필요가 있다. 가습기나 어항 등으로 집 안 습도를 높이고, 보습 크림을 발라 피부를 촉촉하게 유지하면 도움이 된다. 물을 많이 마시는 것도 피부 상태를 건조하지 않게 하는 데 도움이 된다.

플라스틱 제품을 사용할 때에는 특히 주의해야 한다. 합성 섬유 소재의 옷은 섬유 유연제를 넣어 헹구면 정전기가 많이 줄어든다. 섬유 유연제는 양전기를 띠어 음전기를 띤 합성 섬유에 붙어 전기를 중화하기* 때문이다. 물론 합성 섬유 소재의 옷보다는 천연 섬유 소재의 옷을 입는 것이 좋다. 최소한 몸에 직접 닿는 부분이라도 천연 섬유 소재의 옷을 입어 정전기로부터 피부를 보호하자. 또한 플라스틱 빗으로 머리를 빗을 때에는 물에 적셨다가 쓰면 정전기를 줄일 수 있다.

평소에 전기를 중화하는 습관을 들이는 것도 좋다. 자동차 문을 열기 전에 손에 입김을 '하' 하고 불어 보자. 입김으로 손에 생긴 습기가 정전기 발생 확률을 낮춰 준다. 정전기가 튈

• 중화하다 같은 양의 양전하와 음전하가 하나가 되어 전체로는 전하를 가지지 아니하다.

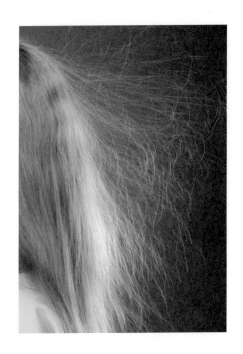

것 같은 물건은 덥석 잡지 말고, 손톱으로 살짝 건드린 다음
잡으면 손톱을 통해 전기가 방전돼 정전기를 예방할 수 있다.

지금까지 정전기의 특성과 정전기를 예방하는 방법에 관해
살펴보았다. 예고 없이 찾아오는 불청객으로만 여겼던 정전
기. 이제부터 정전기를 잘 다스려 포근하고 편안한 겨울을 보
내자.

---

김정훈 1973~
카이스트(KAIST) 생물학과를 졸업하고, 같은 대학 대학원에서 세포생물학으로 석사 학위를 받
았다. 지은 책으로 『맛있고 간편한 과학 도시락』『똑 닮은 쥐랑 햄스터가 다른 동물이라고?』 등
이 있다.

# 사람 눈을 속이는 그래프

대럴 허프 (박영훈 옮김)

## 눈을 속이는 그래프

책을 쓰는 저자는 자기의 책이 많이 읽히기를 원하고, 광고 회사 사람은 자기가 만든 광고 때문에 상품이 많이 팔리기를 기대하며, 출판사 사람은 자기가 내놓은 책이나 잡지가 인기 도서가 되기를 바란다. 누구나 다 판매량을 늘리기 위해 필사적°으로 뛰고 있다. 그런데 판매량을 나타내는 그 수를 표로 만드는 것이 금지되어 있고 말이나 글로는 도저히 나타낼 수 없다면 어떻게 해야 할까? 한 가지 방법이 있다. 그래프로 나타내는 것이다.

그래프에는 여러 가지 선이 들어 있다. 이 선들은 어떤 경향°을 보여 주는 데 매우 유용하다. 하나의 예로, 국민 소득°이 1년

---

● 필사적 죽을힘을 다하는 것.
● 경향 어느 한 방향으로 기울어진 생각이나 행동 혹은 현상.
● 국민 소득 일정 기간 동안 한 나라의 국민이 생산 활동을 통해 얻은 소득.

동안 어떻게 10퍼센트 증가했는가를 그래프를 사용하여 나타 내 보기로 하자.

우선 모눈종이를 준비한다. 가로축에는 1월부터 12월까지 달을 표시하고, 세로축에는 20억 달러씩 높아지도록 금액을 표 시한다. 매월 해당하는 국민 소득을 점을 찍어 표시한 뒤에 이 것들을 연결하여 선을 그으면 [자료 1]과 같은 그래프가 된다.

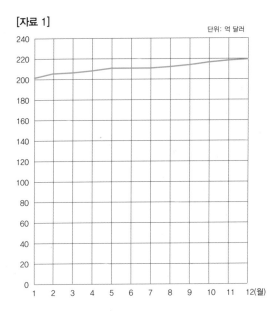

[자료 1]

단위: 억 달러

그래프에는 지난 1년 동안의 소득 수준의 변동 양상이 한 달 단위로 표시되어 있다. 누구나 한번 슬쩍 쳐다보면 전체를 이 해할 수 있다.

정보를 전달하기 위해서라면 이 그래프만으로도 충분하다. 그러나 상대방을 설득하여 무언가를 팔고 싶다면, 이 그래프로는 부족하다. 그렇다면 이 그래프의 밑부분을 잘라 보자.

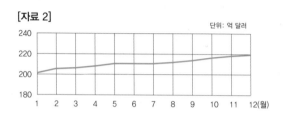

[자료 2]

단위: 억 달러

만일 [자료 2]를 잘못된 그래프라고 트집 잡는 이가 있다면 종이를 절약하기 위해 그랬다고 하면 된다. 이 그래프에 표기된 숫자는 [자료 1]의 숫자와 같다. 선의 모양도 똑같다. 그 어떤 것도 왜곡한 것이 없으며 속임수도 쓰지 않았다. 그러나 그래프에서 받는 인상은 달라졌다. 어떤 사람의 눈에는 그래프에 나타난 선이 12개월 동안에 전체 그래프 높이의 거의 반이나 상승하고 있는 현상만 눈에 들어올 것이다. 이 그래프가 실제로 나타내는 것은 약간의 증가인데 그런 사람의 눈에는 엄청난 증가로 보이는 것이다. 이와 같이 사람들이 착각할 것을 기대하고 그래프의 밑동을 잘랐다면 우리는 그것을 속임수라 할 수 있을 것이다.

## 작은 것도 크게

애써 속임수를 배우기 시작했으니 그래프 밑동을 잘라 내는 것만으로 만족할 수는 없지 않은가. 이보다도 수십 배나 더 효과가 있는 속임수까지 배워 보자. 실제로는 10퍼센트밖에 증가하지 않았는데 100퍼센트의 증가에 필적할* 만큼 충격적인 인상을 줄 수 있도록 말이다. 이를 위해서는 그저 가로축과 세로축의 눈금 간격만 바꾸면 된다. [자료 3]에서는 세로축의 한 눈금 단위를 앞의 그래프에 표시된 눈금 단위의 10분의 1로 바꾸었다.

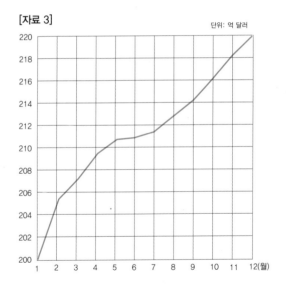

[자료 3]

단위: 억 달러

* 필적하다 능력이나 세력이 엇비슷하여 서로 맞서다.

자, 바뀐 그래프를 보라. 이 얼마나 인상적인 그래프인가! 이 그래프를 본 사람이라면 누구나 다 이 나라의 대동맥 속에 고동치는˚ 번영˚의 맥박을 느끼지 않을 수 없을 것이다. 이 그래프에는 '국민 소득 10퍼센트 증가'라는 겸손한 제목보다는 '국민 소득, 10퍼센트 비약적˚ 신장˚!'이라는 제목이 더 어울린다. 그래프의 힘은 막강하다.

---

• 고동치다 심장이 힘차게 뛰다. 또는 마음이 설레고 흥분되어 가슴이 두근거리다.
• 번영 어떤 사회나 조직이 번성하여 물질적으로 넉넉해짐.
• 비약적 지위나 수준 따위가 갑자기 빠른 속도로 높아지거나 향상되는.
• 신장 세력이나 권리 따위가 늘어남. 또는 늘어나게 함.

---

대럴 허프 Darrell Huff, 1913~2001
미국의 사회통계학자. 여러 잡지의 편집 책임자로 있으면서 수학과 관련된 글을 많이 발표했다. 지은 책으로 『새빨간 거짓말, 통계』 등이 있다.

# 중학생도 세금을 내나요

조준현

미국의 케네디 대통령은 세금에 관한 유명한 말을 남겼다. 대통령이 되기 전 국회 의원에 출마한 케네디가 선거 유세를 하는데, 한 사람이 "저는 국가가 저한테 해 주는 것도 없으면서 세금만 거두어 간다고 생각합니다. 당신이 국회 의원이 되면 세금을 깎아 줄 건가요?"라고 질문했다.

케네디는 "국가가 당신을 위해서 무엇을 해 줄 것인가를 묻기 전에 당신이 국가를 위해서 무엇을 할 것인가를 생각하십시오."라고 하였다.

케네디 대통령의 말처럼 국가가 국민을 위해서 무엇인가를 해 주기 위해서는 국민이 먼저 국가에 대한 의무를 다해야 한다.

정부가 많은 일을 하는 것은 다들 알고 있을 것이다. 우선 여러분이 쉽게 볼 수 있는 것이 도로를 건설하거나 여러 공공시설을 짓는 일이다. 나라를 지키는 국방이나 치안도 정부가 하는 일이다. 여러분이 받고 있는 교육은 말할 것도 없다. 중학교까지 무상 교육을 하는 것도 정부이고, 고등학교나 대학 교육도 정부가 지원한다. 의료 보험이나 실업 보험 같은 사회 보장 제도도 정부가 운영한다. 이렇게 많은 일을 하는 정부는 그 돈을 어디서 구할까? 바로 세금이다. 세금은 정부가 국가 재정을 조달하고 운영하기 위해 꼭 필요한 재원이다. 그래서 납세 의무˙가 국민의 4대 의무에 포함되는 것이다.

국가는 세금을 국민에게 걷는다. 세금은 국가가 국민에게 세금을 걷는 방식에 따라 일반적으로 직접세와 간접세로 나눌 수 있다.

직접세는 세금을 내야 하는 개인이나 기업이 직접 내는 세금을 말한다. 개인이 내는 소득세,˙ 기업이 내는 법인세,˙ 그리고 증여세,˙ 상속세˙ 등이 이에 포함된다. 간접세는 실제 세금을 부담하는 사람과, 그 세금을 내는 사람이 다른 세금이다. 물건을 살 때 사람들은 물건에 대한 세금을 직접 세무서에 내지 않는다. 이미 그 물건을 살 때 치른 물건 값에 세금이 포함되어 있기 때문이다. 그러면 그 세금은 누가 낼까? 그것은 그 물건을 판 기업이나 가게 주인이다. 이처럼 간접세는 물건이나 서

---

• 납세 의무 국민의 의무의 하나. 개인이나 법인이 국가나 지방 공공 단체에 세금을 내야 하는 의무이다.
• 소득세 개인이 한 해 동안 벌어들인 돈에 대하여 액수별 기준에 따라 매기는 세금.
• 법인세 법인의 소득을 과세 대상으로 하여 법인에게 물리는 세금.
• 증여세 증여를 통하여 다른 사람의 권리나 재산을 받은 사람에게 물리는 세금.
• 상속세 사망에 의하여 무상으로 이전되는 재산에 대하여 부과되는 세금.

비스에 매겨지는 것으로 부가 가치세*나 개별 소비세*가 대표적인 예이다.

그러면 여러분은 직접세와 간접세 중에서 어느 것이 더 적절한 방식이라 생각하는가? 직접세는 소득이나 재산에 따라 누진적*으로 적용되는 경우가 많다. 소득이 높은 사람은 세금을 많이 내고 소득이 낮은 사람은 적게 내기 때문이다. 따라서 직접세는 소득 격차를 줄이는 기능을 한다. 세금을 통해 소득 격차를 줄일 수 있으니 공평해 보인다고 할 수도 있을 것이다. 물론 그 자체는 바람직하지만 단점도 있다. 소득이 높은 사람들에게 세율을 높이면, 그들이 열심히 일하고 싶은 의욕을 잃게 될 수도 있기 때문이다.

반면에 간접세는 사람들의 소득이 많든 적든 간에 물건을 살 때 부담하는 세금이 똑같다. 돈을 많이 버는 사람이 음료수 한 잔을 사 마시든지, 돈을 적게 버는 사람이 음료수 한 잔을 마시든지, 둘이 내야 하는 세금은 동일하다. 생각하기에 따라서 누구나 똑같이 내는 간접세가 더 공평하다고 생각할 수도 있다. 하지만 간접세는 소득이 적은 사람일수록 소득에 비해 내야 할 세금의 비율이 높기 때문에, 소득이 적은 이들에게 부담이 크다는 단점이 있다.

---

• 부가 가치세 생산 및 유통 과정의 각 단계에서 창출되는 부가 가치에 대하여 부가되는 세금.
• 개별 소비세 특정 물품을 사거나 골프장과 같은 특정한 장소에서 소비하는 비용에 부과하는 간접세.
• 누진적 가격, 수량 따위가 더하여 감에 따라 상대적으로 그에 대한 비율이 점점 높아지는. 또는 그런 것.

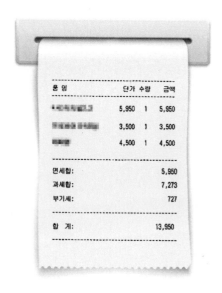

| 품 명 | 단가 | 수량 | 금액 |
|---|---|---|---|
| ████████ | 5,950 | 1 | 5,950 |
| ████████ | 3,500 | 1 | 3,500 |
| ████ | 4,500 | 1 | 4,500 |
| 면세합: | | | 5,950 |
| 과세합: | | | 7,273 |
| 부가세: | | | 727 |
| 합 계: | | | 13,950 |

정부 쪽에서 보면 간접세가 직접세보다 세금을 걷기 쉽다는 장점이 있다. 직접세는 모든 사람의 소득이나 재산을 일일이 조사해야 하는데, 이것이 여간 복잡한 일이 아니기 때문이다. 반면에 간접세는 소비자들이 물건을 살 때마다 자동으로 내게 되니 정부로서는 편하다. 그런데 세금이 잘 걷히므로 효율적이라고 생각하는 것은 섣부른 판단이다. 간접세의 비중이 너무 높으면 직접세로 얻을 수 있는 소득 격차를 줄이는 효과가 약해질 수 있기 때문이다. 장점이 있으면 단점도 있게 마련이다. 그래서 직접세와 간접세 가운데 무엇이 좋은지 해답을 찾는 것은 참 어렵다.

여러분은 세금을 내 본 적이 있는가? '세금' 하면, 보통 소득이 있는 사람들이 국가에 내는 것으로 알고 있다. 그러나 사실 여러분도 세금을 내고 있다. 가령 책이나 학용품을 사고 난 뒤에 받는 영수증을 살펴보면 물건 값에 이미 부가 가치세가 포함되어 있는 것을 확인할 수 있다. 주민 센터에 주민 등록 등본이나 가족 관계 증명서를 신청할 때 내는 비용에 포함된 인지세<sup>•</sup>도 세금, 즉 간접세의 일종이다. 이처럼 국가는 나라의 살림살이와 국민의 복지 향상 등을 위해 국민에게 세금을 걷고 있으며 세금은 여러분의 생활과 밀접하게 관련을 맺고 있다. 국민의 의무인 납세의 의무, 그러므로 우리도 국민의 한 사람으로서 세금에 대해 알아야 하지 않을까?

• 인지세 문서에 인지(수수료나 세금을 낸 것을 증명하기 위해 서류에 붙이는 종이 표)를 붙여서
　납부하는 세금으로, 재산권에 관한 승인을 증명하는 문서에 부과하는 세금.

조준현 1959~
경제학자. 대학에서 경제학을 가르치며, 다양한 경제 관련 서적을 펴냈다.

# 간송 전형필, 『훈민정음해례본』을 구하다

이충렬

  밤에 빗소리가 들렸는데 아침 하늘은 맑았다. 좋은 징조이려나. 전형필은 먹는 둥 마는 둥 아침상을 물리고, 돈을 준비해 한남서림*으로 갔다. 김태준*이 한 시에 나타나면 이순황을 오후 기차에 태워 내려가게 할 생각이었다. 여름 날씨가 더워서인가, 기다림에 땀이 나서인가. 전형필은 연신 부채질을 하며 창밖을 바라봤다. 하루가 여삼추(如三秋)*가 아니라, 일각*이 여삼추로 흘렀다.

  저만치 말끔히 정장을 하고 안국동 쪽에서 걸어오는 김태준의 모습이 보였다. 전형필은 용수철이 튀어 오르듯 일어나 뛰

---

- 한남서림 일제 강점기에 고서·고서화를 취급하던 서점. 인쇄소를 겸했으나 재정난으로 간송 전형필에게 인수되었고 이후 국내 주요 문화재를 수집하는 데 투자를 많이 했던 곳이다.
- 김태준 국문학자(1905~1949). 호는 천태산인. 저서로 『조선 한문학사』, 『조선 소설사』 등이 있다.
- 하루가 여삼추 하루가 3년과 같다는 뜻으로, 짧은 시간이 매우 길게 느껴짐을 비유적으로 이르는 말.
- 일각 아주 짧은 시간.

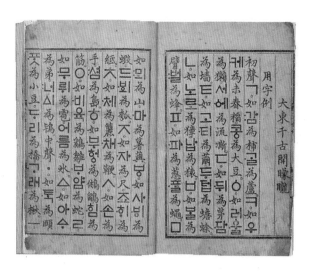

쳐나가서는 김태준의 손을 붙잡고 한남서림으로 들어왔다.

"간송! 일전에 얘기했지만, 안동에서 『훈민정음』이 나타났다는 소문이 있어 직접 확인해 봤더니 진본이 틀림없었소. 그러나 앞의 두 장은 연산군 때 언문[•] 탄압을 피하느라 찢어진 걸 저와 소유자가 복원을 했소이다. 간송이 구입하시면 좋을 것 같아 알려 드리려고 했소만……."

김태준은 이순황이 건넨 물을 벌컥벌컥 들이켰다.

"『훈민정음』이라니! 정말 놀랍고 반갑구려. 천태산인이 직접 확인까지 하셨다니 진위는 따져 볼 것도 없고……. 큰 경사요, 경사!"

전형필은 이제 『훈민정음』이 거의 다 들어왔다는 생각에 가

• 언문 '한글'을 이르던 말.

슴이 두근거렸다.

"소유주가 얼마를 말씀하셨소?"

전형필이 조심스럽게 묻자, 김태준이 심호흡을 하더니 말했다.

"값이 좀 셉니다."

김태준이 망설이자 전형필이 어서 말해 보라는 듯 고개를 끄덕였다.

"천 원을 달랍니다."

김태준은 너무 큰 액수를 말한 것은 아닐까 걱정하며 전형필을 바라보았다. 그러자 전형필이 빙그레 미소를 지으며 말했다.

"천태산인, 그런 귀한 보물의 가치는 집 한 채가 아니라 열 채라도 부족하오."

김태준은 무슨 소리인가 하는 표정으로 전형필의 표정을 살폈다. 전형필이 눈짓을 하자 이순황이 보자기 두 개를 전형필에게 건넸다. 전형필은 그중 천 원이 담긴 보자기를 김태준에게 밀었다.

"이건 『훈민정음』 값이 아니라, 천태산인께 드리는 사례요. 제가 성의로 천 원을 준비했소."

김태준은 놀란 눈빛으로 전형필을 바라봤다. 사례비가 너무 많다고 말하려는데, 전형필이 말을 이었다.

"『훈민정음』 값으로는 만 원을 쳤습니다. 『훈민정음』 같은 보물은 적어도 이런 대접을 받아야 해요. 그러나 제 입장이 있고 또 남의 이목도 있으니,『훈민정음』을 인수하는 건 여기 이순황 선생이 맡아 주실 겁니다. 이해해 주시겠지요?"

김태준은 만 원이라는 소리에 다시 한번 놀랐다. 전형필의 배포가 남다르고, 부르는 값이 낮아도 정당한 값을 계산해서 치른다는 말은 들었지만, 만 원이라니!『훈민정음』이 아무리 귀하다고 해도 그로서는 구경조차 해 본 적이 없는 큰돈이라, 할 말을 잊은 채 한동안 전형필을 바라보았다.

"간송의 후덕한 인품에 감탄할 뿐이오. 사례비로 천 원은 너무 큰돈이지만, 현재 내가 처한 상황이 여의치 못하니 염치 불고하고 받겠소. 그리고 나중에라도 어디서 나왔는지 소문이 나지 않게 해 주시면 고맙겠소. 나도 간송이 구입하신다는 말을 하지 않았소."

"천태산인, 그건 염려하지 마세요. 너무나 잘 아시겠지만, 시국°이 매우 엄중하기° 때문에『훈민정음』의 존재는 비밀에 부칠 수밖에 없습니다. 훗날 조선이 해방되면 그때 세상에 내놓겠지만, 그때도 출처에 대해서는 함구하겠소.°"

"맞아요. 간송의 판단이 정확하오. 지금은 이 책이 세상에 나와서는 안 되지만, 해방이 되면 조선의 보물이 될 게요. 그때까지 간송이 잘 간직해 주시오."

"고맙소, 천태산인. 그 와중에도 내가『훈민정음』을 찾는다

• 시국 현재 놓여 있는 나라 안팎의 형편이나 상황.
• 엄중하다 보통 있는 일로 여길 수 없을 정도로 중대하다.
• 함구하다 말하지 아니하다.

는 사실을 잊지 않고 기억했다가 이렇게 연결해 주셨구려."

전형필은 김태준의 손을 잡으며 눈시울을 붉혔다. 김태준도 전형필의 손을 꽉 잡으며 고개를 끄덕였다.

"나도 간송께 정말 고맙소. 내가 다시 일경(日警)*에 붙잡히게 되더라도, 이 일은 끝까지 함구할 테니 염려하지 마시오."

이번에는 김태준의 눈시울이 붉어졌다. 그는 알고 있었다. 지금 전형필이 어떤 모험을 하고 있는지.

마침내 전형필 앞에 놓인 『훈민정음』! 한글을 만든 원리와 문자 사용에 대한 설명과 용례를 상세하게 밝힌 해례본이었다. 전형필은 밤이 새도록 『훈민정음』을 읽고 또 읽었다. 만들어진 지 500년 만에 발굴된 보물 중의 보물이었고, 전형필이 수집을 시작한 지 십여 년 만에 성취한* 대발굴이었기에, 눈물을 흘리다가는 웃었고, 웃다가는 다시 눈물을 흘렸다. 그리고 새벽 동이 틀 무렵 오동나무 상자에 넣어 집에서 가장 깊숙한 곳에 갈무리했다.*

전형필은 『훈민정음』을 자신이 수장하고* 있는 수집품 중 최고의 보물로 여겼다. 6·25 전쟁 당시 피란을 갈 때도 품속에 품었고, 잘 때는 베개 속에 넣고 지켰다.

---

• 일경 일본의 경찰.
• 성취하다 목적한 바를 이루다.
• 갈무리하다 물건 따위를 잘 정리하거나 간수하다.
• 수장하다 거두어 깊이 간직하다.

오랜 기다림과 우여곡절 끝에 발굴되었고, 일제 강점기와 6·25 전쟁의 와중에도 무사히 지켜진 『훈민정음』! 1956년 통문관에서 학계의 연구를 위해 영인본*으로 출판하고 싶다고 하자, 전형필은 이를 흔쾌히 허락했다. 그리고 손수 한 장 한 장 해체해서 사진을 찍게 했다. 이렇게 출판된 『훈민정음』 영인본을 통해 많은 학자가 체계적으로 한글 연구를 할 수 있었다.

전형필에 의해 발굴되고 지켜지고 세상에 알려진 『훈민정음』은, 1962년 12월에 국보 제70호로 지정되었다. 그리고 1997년 10월 유네스코(UNESCO) 세계 기록 유산으로 등재되었으니, 전형필이 살아 있었다면 춤을 추며 기뻐했을 일이다.

---

• 영인본 원본을 사진이나 기타의 과학적 방법으로 복제한 인쇄물.

---

이충렬 1954~
소설가. 1994년 『실천문학』을 통해 등단하고, 한 사람의 일생을 기록한 전기를 주로 집필했다. 지은 책으로 『간송 전형필』 『혜곡 최순우, 한국미의 순례자』 『아, 김수환 추기경』 등이 있다.

# 읽으면 읽을수록 좋은 만병통치약

권용선

친구들, 고요한 마음으로 책을 읽다 보면 어느새 졸음이 밀려오거나 금세 지루해져서 몸이 비비 꼬이지? 특히 숙제로 독후감을 써야 할 때, 텔레비전을 보거나 게임을 하고 싶은데 엄마가 억지로 책을 읽으라고 말씀하실 때 더 힘들고 더 읽기가 싫지?

그래도 우리는 책을 읽어. 왜? 부모님이나 선생님이 시키니까 마지못해 읽기도 하고, 공부를 잘하기 위해서 읽기도 하며, 또 더 똑똑한 사람이 되기 위해서 읽기도 해. 물론 재미있으니까 읽는 친구들도 있을 거야.

또 어떤 까닭이 있을까? 책 속에는 우리가 궁금해하는 것들에 대한 대답이 들어 있으니까 읽기도 하지. 기분 전환을 위해서도 책을 읽고, 다른 사람의 생각을 알기 위해서도 책을 읽고, 교양을 쌓기 위해서도 책을 읽지. 이것들 말고도 세상에는 책을 읽어야 하는 까닭이 셀 수도 없이 많을걸!

그러고 보니 책 읽기를 만병통치약*으로 여긴 사람이 있어. 조선 후기의 학자인 이덕무야. 이 사람은 소문난 책벌레*였는데 언제 어디서나 추우나 더우나 기쁠 때나 슬플 때나 늘 책을 손에서 놓지 않았대. 이덕무가 말한 책 읽기의 유익함이 무엇인지 들어 볼까?

약간 배가 고플 때 책을 읽으면 그 소리가 훨씬 낭랑해져* 글에 담긴 이치를 맛보느라 배고픈 줄도 모르게 되니 이것이 첫 번째 유익함이요, 조금 추울 때 책을 읽으면 그 기운이 그 소리를 따라 몸속에 스며들면서 온몸이 활짝 펴져 추위를 잊게 되니 이것이 두 번째 유익함이요, 근심과 번뇌*가 있을 때 책을 읽으면 내 눈은 글자에 빠져들고 내 마음은 이치에 잠기게 되어 천만 가지 온갖 상념*이 일시에 사라지니 이것이 세 번째 유익함이요, 기침을 할 때 책을 읽으면 기운이 통창해져* 막히는 바가 없게 되어 기침 소리가 돌연 멎게 되니 이것이 네 번째 유익함이다.

어때, 놀랍지 않아? 배고프고 춥고 골치 아픈 일도 있고 게

---

• **만병통치약** 여러 가지 경우에 두루 효력을 나타내는 어떤 대책을 비유적으로 이르는 말.
• **책벌레** 지나치게 책을 읽거나 공부하는 데만 열중하는 사람을 놀림조로 이르는 말.
• **낭랑하다** 소리가 맑고 또랑또랑하다.
• **번뇌** 마음이 시달려서 괴로워함. 또는 그런 괴로움.
• **상념** 마음속에 품고 있는 여러 가지 생각.
• **통창하다** 시원스럽게 넓고 환하다.

다가 감기까지 걸렸는데 책을 읽으면 다 낫는다니 말이야. 오직 책 책 책! 책에 이렇게 열중하다니 우리가 요즘 흔히 말하는 '마니아'와 비슷하네. 이덕무는 실제로 '책만 보는 바보'라는 뜻의 '간서치(看書癡)'라고 불리기도 했대.

사실, 이 사람의 상황을 알면 그 심정이 이해가 될 거야. 이덕무는 서자여서 아무리 학식이 뛰어나도 벼슬을 할 수가 없었어. 너무나 가난하여 식구들의 끼니를 걱정해야 했지만 자신이 할 수 있는 일은 별로 없었지. 아무리 서자라도 양반은 양반이니까 아무 일이나 할 수는 없었거든. 그러니 얼마나 답답했겠어. 그럴 때 위로가 되고 힘을 준 것이 바로 책과 그 책을 읽고 함께 이야기를 나눌 수 있는 벗들이었지.

지극히 슬픈 일이 닥치면 온 사방을 둘러보아도 막막하기만 해서 그저 한 뼘 땅이라도 있으면 뚫고 들어가 나오고 싶은 생각이 없어진다. 하지만 나는 다행히도 두 눈이 있어 글자를 배울 수 있었다. 그래서 나는 지극히 슬프더라도 한 권의 책을 들고 내 슬픈 마음을 위로하며 조용히 책을 읽는다. 그러다 보면 절망스러운 마음이 조금씩 안정된다. 내가 온갖 색깔을 볼 수 있는 눈을 가졌다 해도 만일 서책을 읽지 못하는 까막눈이라면 장차 무슨 수로 내 마음을 다스릴 수 있을 것인가.

친구들은 아주 많이 슬프거나 화가 날 때, 혹은 걱정이 있을

때 어떻게 해? 어떤 영화의 주인공은 그럴 때 달리기를 하더라고. 심장이 터질 때까지 달리기를 하다 보면 어느새 마음이 가라앉는다는 거야. 또 어떤 사람은 그럴 때 노래를 부르기도 하더군. 큰 소리로 노래를 부르다 보면 어느 틈엔가 거북하고 불편했던 마음이 조금씩 평온해지는 걸 느낀대.

이덕무는 달리기나 노래를 하는 대신에 책을 읽었던 거야. 우리도 평소에 좋아하는 책을 한두 권쯤 정해 두는 건 어떨까? 아주 재미있거나 감동적인 책으로 말이야. 그래서 아주 많이 슬프거나 화가 나거나 외로울 때 조금씩 읽어 보는 거야.

재미있는 책을 읽을 때는 시간 가는 줄도 모르고, 걱정이나 근심도 잊고 그 책에 푹 빠지잖아. 그러다 보면 정말 마음이 고요해지면서 다시 씩씩하게 생활할 수 있는 용기가 생겨날지도 모르니까. 그리고 또 혹시 알아? 글을 읽던 중 갑자기 그 근심거리를 해결할 수 있는 좋은 생각이 떠오를지!

그리고 꼭 그 순간에 책을 읽지 않더라도, 예전에 읽었던 책이 도움이 될 때도 있어. 책을 소리 내어 읽으면 그 소리를 내

몸이 기억한다고 했지? 속으로 읽거나 마음의 눈으로 읽은 것도 마찬가지야. 내 몸속 어딘가에 저장 혹은 기억되어 있다가 어느 날 문득 떠오르면서 우리를 흥분시킬 수도 있고, 삶을 잘 살아갈 수 있는 용기와 힘을 주기도 하는 거지.

이덕무는 마음이 불편할 때뿐만 아니라 몸이 아플 때도 글을 읽으면 도움이 된다고 했잖아. 특히 감기에 걸려서 기침을 할 때 소리를 내서 글을 읽다 보면 몸속에 기운이 잘 흐르게 되어서 기침이 멎게 된다는 거야. 친구들도 감기에 걸렸을 때 이 방법을 한번 활용해 봐. 정말 기침이 멎는지.

이렇게 보니까 글을 읽는 것은 정말 만병통치약인 것 같아. 글 속에 담긴 뜻을 이해하면서 지혜로워지고, 몰랐던 것들을 알게 되면서 지식을 쌓는 건 말할 것도 없고, 배고픔이나 추위도 잊을 수 있고, 걱정이나 근심을 해결하며 몸의 병도 낫게 한다니, 이보다 더 좋은 만병통치약이 어디 있겠어?

그런데 만약, 배고프거나 배부르지도 않고, 춥거나 덥지도 않고, 몸과 마음이 다 편안하다면 어떻게 하냐고? 어떻게 하긴 뭘 어떻게 해? 그럴 때야말로 책 읽기에 더없이 좋을 때니까 얼른 책을 들고 독서삼매*에 빠져야지!

---

• 독서삼매 다른 생각은 전혀 아니 하고 오직 책 읽기에만 골몰하는 경지.

---

권용선 1969~
인문학자. 한국문학을 전공했고, 문학·철학·문화 등에 관심이 있어 그와 관련된 다양한 책을 집필했다. 지은 책으로 『이성은 신화다, 계몽의 변증법』『읽는다는 것』『차별한다는 것』 등이 있다.

# 서당 일일 훈장이 된 김득신*

김문태

똘똘하게 생긴 학동(學童)*이 불쑥 나서며 말한다.

"훈장님은 유명한 시인이라고 하는데, 그게 책 읽기를 좋아하는 것과 어떤 관계가 있나요?"

놀라운 일이다. 저 어린 나이에 어쩜 저렇게 요점*을 단번에 지적할 수 있단 말인가? 어린 학동들이라고 대충대충 대답했다가는 큰코다치겠다.

"물론 관계가 있다마다요. 난 책을 열심히 읽었기에 오늘의 내가 있다고 생각해요. 좋은 글을 많이 읽었으니까 좋은 글을 쓸 수 있는 것이지요."

"훈장님은 어떻게 책을 읽으셨기에 다른 사람보다 훌륭한 분이 되셨나요?"

---

• 김득신 조선 중기의 시인(1604~1684). 호는 백곡.
• 학동 글방에서 글을 배우는 아이.
• 요점 가장 중요하고 중심이 되는 사실이나 관점.

"참, 어려운 질문이군요. 나는 남보다 머리가 좋거나, 실력이 뛰어난 사람이 아니에요. 그러나 내가 남보다 나은 점이 있다면 아마 남보다 더 많이 노력했다는 점이겠지요."

"어떤 노력을 하셨는데요?"

"난 많이 읽었어요. 여러 책을 읽었다는 말이 아니라 같은 글을 많이 읽은 것이지요."

학동들이 슬슬 호기심이 생기는 모양이다. 내 입에서 어떤 말이 나올까 기대하며 집중하고 있다. 학동들의 이런 모습은 마치 긴 귀를 쫑긋 세우고, 야무진 입을 오물오물하며, 큰 눈을 깜빡이는 토끼와 같다.

"같은 책 전체를 반복해서 읽는 게 아니라 짤막한 글을 반복해서 읽었어요. 선비들이 많이 읽는 책들 가운데 유명한 글과 좋은 글을 계속해서 읽은 거예요."

"얼마나 많이 읽으셨는데요?"

"서른한 살 때인 1634년부터 예순일곱 살 때인 1670년 사이에 만 번 이상 읽은 옛글만 서른여섯 편이 되지요."

"네에? 마, 마, 만 번이오?"

"마, 말도 안 돼. 어떻게 그럴 수 있어요?"

학동들의 벌어진 입이 다물어지질 않는다. 모두 동그래진 눈을 깜빡거릴 뿐이다. 이때 얼굴이 까무잡잡한 게 노는 데 있어서 둘째가라면 서러울 정도로 개구쟁이처럼 생긴 학동이 따지듯이 묻는다.

"도대체 어떤 글들을 그만큼 읽으셨는데요?"

"「획린해」와 「사설」은 1만 3천 번씩 읽었고, 「제약어문」은 1만 4천 번씩 읽었지요. 「백리해장」은 1만 5천 번, 「귀신장」과 「중용서문」은 1만 8천 번씩을 읽었어요. 또 「노자전」과 「능허대기」와 「보망장」은 2만 번씩 읽었지요. 이왕 말이 나왔으니 모두 말하지요. 그중에서도 사마천의 『사기』에 실려 있는 「백이전」은 1억 1만 3천 번을 읽었어요.* 그래서 우리 집 이름도 책을 억만 번 읽은 집이라는 뜻으로 '억만재(億萬齋)'라 지었지요."

"네에? 몇 번요?"

"우아! 1억 1만 3천 번이래."

"휴! 난 커서 집을 지어도 '오십재(五十齋)'라는 이름도 못 붙일 거야."

놀란 학동들이 거의 쓰러질 지경이다.

이때 가까스로 정신을 차린 학동 하나가 입을 뗀다.

"왜 그렇게 여러 번 읽으셨나요?"

"「백이전」은 그 내용이 드넓고 변화가 많기 때문이에요. 읽을 때마다 그 글이 풍기는 고상한* 기운을 새롭게 느낄 수 있거든요."

책에 관해 이런저런 얘기를 하다 보니 어느덧 점심때가 되었다. 그새 학동들은 다 돌아간 듯하다. 젊은 훈장의 배웅을 받

---

• 옛날에는 '억'이 '만'의 열 배를 뜻하기도 했다. 따라서 「백이전」을 1억 1만 3천 번을 읽었다는 것은 11만 3천 번을 읽었다는 말이다.
• 고상하다 품위나 몸가짐의 수준이 높고 훌륭하다.

으며 서당을 나서자 울타리 곁에 눈에 익은 학동 하나가 쭈그
려 앉아 있다. 아까 학동들과 대화하는 내내 풀이 죽어 말 한
마디 안 하던 바로 그 학동이다. 무슨 일일까?

"집에 안 가고 여기서 뭐 하니?"

"훈장님, 전 머리가 나빠서 책을 읽어도 무슨 말인지 잘 모
르겠어요. 또 잘 외워지지도 않고요. 잘하고 싶은데 안 돼서
항상 슬퍼요."

갑자기 나의 어둡던 어린 시절이 떠오른다. 기억하고 싶지
않은 그 시절의 나를 보는 듯하다. 이 어린 학동을 위해 내 어
릴 적 이야기를 해 주어야 할 것 같다.

"그랬구나. 그러나 걱정 말거라. 나도 어린 시절에는 머리가
너무 나빠 열 살이 되어서야 간신히 글을 깨칠 수 있었단다."

"네에? 설마 그럴 리가요. 치! 절 위로하려고 괜히 그러시는
거죠?"

하기야 그토록 많은 글을 읽었다고 하고, 지금 남들이 훌륭
한 시인이라고 하는 내가 어릴 때 그랬으리라고는 상상도 못
할 일이겠지. 그러나 사실인걸.

"우리 아버지는 내가 태어나기 전에 꿈에서 노자°를 만나시
고는 똑똑한 아이가 태어나리라 생각하셨단다. 그런데 나는
머리가 너무 나빠서 글을 배워도 도대체 진도가 나가지 않았
어. 주위에선 저런 바보가 어디 있느냐고 혀를 차며 글공부를

• 노자 중국 춘추 시대의 사상가.

시키지 말라고까지 했지."

"정말요?"

조금 전만 해도 말하기조차 귀찮다는 듯이 앉아 있던 학동의 눈이 동그래진다.

"그러나 난 포기하지 않았어. 그러자 우리 아버지는 내가 모자라면서도 공부를 포기하지 않으니 그게 오히려 대견스럽다고 하셨지. 큰 그릇은 천천히 만들어진다고 하시면서 말이야."

"그래서 어떻게 됐나요?"

"내가 스물한 살 때였지, 아마. 그때 우리 아버지는 부산 동래 감사˙로 계셨는데, 내가 글 한 편을 지어서 갖다 보여 드렸더니 너무 잘했다고 하면서 감동하시는 거야. 난 너무 좋아 펄쩍펄쩍 뛰었어. 칭찬이라고는 난생처음 들어 보았으니까. 하늘을 나는 듯했어."

"그다음에는요?"

"물론 더 열심히 책을 읽기 시작했지. 스물세 살 때에는 이식˙ 선생님께서 내 글을 보시고 칭찬해 주셨단다. 그다음부터는 죽기 살기로 책을 읽었단다. 눈이 오나 비가 오나 자나 깨나 그저 책만 읽었어. 결국 남들보다 한참 늦은 서른아홉 살이 되어서야 진사과˙에 합격하고, 쉰아홉 살에 이르러서야 과거에 급제했지만, 이룰 건 다 이루었지. 허허허."

˙감사 조선 시대에, 각 도의 모든 일을 책임지던 관리.
˙이식 조선 인조 때의 이름난 신하(1584~1647). 한학 4대가의 한 사람으로 이조 판서를 지냈다.
˙진사과 조선 시대에 시나 글을 짓는 것을 겨루던 시험.

학동의 얼굴에 밝은 기운이 피어오른다. 그러나 아직 의심스러운 눈치다.

"정말 저처럼 머리가 나쁜 아이도 책을 열심히 읽으면 훈장님처럼 될 수 있을까요?"

"아무렴, 그렇고말고. 내가 어느 정도였는지 말해 줄까?"

"네!"

"어느 여름날이었지. 하인이 끄는 말을 타고 가다가, 어느 집에선가 글 읽는 소리가 들려서 한참 동안 서서 그 소리를 들었어. 그런데 그 글이 아주 귀에 익은데 제목이 생각나지 않는 거야. 그러자 하인이 말하길 '나리께서 매일 읽는 건데 이걸 모르신단 말씀이십니까?' 하더라고. 하하하. 그제야 그게 바로 내가 1억 1만 3천 번이나 읽었던 「백이전」이란 걸 알았어."

"아유! 정말 너무하셨어요. 깔깔깔!"

"아, 또 한번은 한식날°에 하인과 길을 가다가 시를 짓게 됐어. '말 위에서 한식을 만나니' 하고 첫 구절을 지었는데, 도대체 다음 구절이 떠오르지 않는 거야. 그래서 한참 동안 낑낑대는데, 하인이 대뜸 '도중에 늦은 봄을 맞이하였네.' 하는 거야. 나는 깜짝 놀라서 하마터면 말에서 떨어질 뻔했지 뭐냐?"

"아니, 어떻게 하인이 그럴 수 있죠?"

"하하하! 어떻게 알았냐고 나도 물어봤지. 그랬더니 하인이

---

° 한식날 한식. 우리나라 명절의 하나. 양력 4월 5일이나 6일쯤이 되며, 조상의 묘를 찾아가 벌초를 하고 제사를 지낸다.

씩 웃으며 말하길 '그건 나리께서 날마다 외우시던 당나라 시가 아닙니까?' 하더라고. 나 원 참. 내가 봐도 너무 심했지. 좋게 말하면 글에 푹 빠져서 어느 게 읽은 글이고, 어느 게 내 생각인지 몰랐던 거야. 그러니 심하게 말하면 난 머리가 나빴던 것이지."

"훈장님, 그건 머리가 나쁜 게 아니라 그만큼 집중하셔서 그런 걸 거예요. 그럼요."

학동이 이제는 날 위로해 준다. '뭔가 뒤바뀐 것 같은데?' 하는 생각이 든다. 그래도 기분은 좋다. 내가 풀 죽은 학동에게 힘을 불어넣어 주어 이렇게까지 됐으니 말이다.

"재주가 남만 못하다고 포기하지 말거라. 나 같은 사람도 결국에는 다 이루지 않았느냐? 모든 건 노력하는 데 달려 있단다."

"이제 저도 할 수 있을 것 같아요. 훈장님, 고맙습니다."

손을 꼭 쥔 나와 학동 곁으로 시원한 바람이 한 줄기 스쳐 지나간다. 담장 너머 서 있는 해바라기가 학동을 내려다보며 방끗 웃는다.

김문태 1958~
국문학자. 성균관대학교 대학원에서 문학 박사 학위를 받았고 오랫동안 구비 문학을 연구해 왔다. 지은 책으로 『삼국유사의 시가와 서사 문맥 연구』 『되새겨 보는 우리 건국신화』 『현대인의 삶이 투영된 삼국유사 인문학 즐기기』 『입에서 입으로 전하는 구비문학』 등이 있다.

# 서로 돕는 사회

최재천

   많은 생물학자들이 찰스 다윈 이래로 경쟁에 대한 연구에 초점을 맞추어 왔습니다. 자연계에서는 서로 돕는 모습보다 서로 으르렁거리는 모습이 훨씬 더 눈에 많이 띄죠. 하지만 늑대 두 마리가 먹을 것을 놓고 서로 으르렁거리는 모습이 경쟁의 전부일까요? 자연에서 살아남기 위해 반드시 남을 꺾어야 하는 것은 아닙니다. 손을 잡으면 함께 살아갈 수 있습니다. 남과 손을 잡기 싫어하는 것들은 소멸한 반면 남과 손을 잡은 동물과 식물들은 오늘날까지 살아남았습니다. 지난 20년 동안 많은 학자들이 공생,* 그중에서도 상리 공생*에 대해 연구했습니다. 그리고 굉장히 많은 생물들이 서로 도운 덕에 오늘날까지 살아남았음을 알게 되었죠.

---

• 공생 종류가 다른 생물이 같은 곳에서 살며 서로에게 이익을 주며 함께 사는 일.
• 상리 공생 서로 이익을 주고받는 공생의 한 양식.

공생은 이득을 취하는 관계에 따라 크게 편리 공생*과 상리 공생으로 나뉩니다. 초원에 말이나 소가 걸어가면 옆에 종종 새들이 따라다닙니다. 큰 동물이 걸어갈 때 발에 차여 튀어 오르는 곤충들을 잡아먹으려 따라다니는 새들이지요. 이런 경우 새들이 큰 동물에게 어떤 이득을 주는지는 아직 잘 모릅니다. 이처럼 한쪽에게는 아무런 이득도 손해도 없고 다른 쪽만 이득을 취하는 관계를 편리 공생이라고 하지요.

아프리카 초원에는 혹돼지라고 부르는 멧돼지가 있습니다. 이 멧돼지를 비롯한 아프리카의 많은 큰 동물들의 몸에는 새들이 들러붙어 삽니다. 때로는 열 마리 정도가 들러붙어 있습니다. 매우 귀찮아할 것 같지만 멧돼지나 다른 큰 동물들은 이 새들을 아주 좋아합니다. 이 새들이 몸에 붙은 기생충을 다 잡아 주기 때문이죠. 이렇게 큰 동물들과 새들처럼 두 쪽 모두가 이득을 취하는 관계를 상리 공생이라고 합니다.

바닷속에 들어가면 재미있는 상리 공생의 예가 아주 많습니다. 요즘에는 수족관에서도 큰 물고기 입속에 작은 물고기가 들어앉아 있는 걸 종종 볼 수 있습니다. 큰 물고기가 작은 물고기를 잡아먹기는커녕 어디라도 다칠세라 입을 있는 대로 크게 벌리고 있습니다. 작은 물고기가 큰 물고기의 입안을 청소하고 있는 겁니다. 이 청소하는 물고기들은 제각기 자기 영역을 갖고 있습니다. 이를테면 가게를 차려 놓고 기다리다가 큰

* 편리 공생 어느 한쪽은 이익을 받으나 다른 쪽은 이익도 해도 없는 공생의 한 양식.

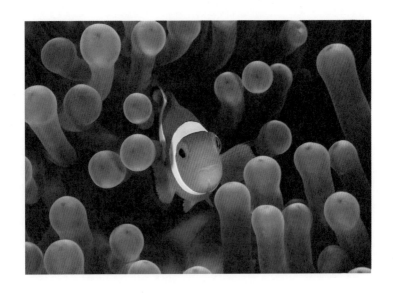

물고기가 다가오면 춤을 추며 마중을 나갑니다. 큰 물고기가 고객인 셈이죠. 고객은 가게 주인의 독특한 춤을 보고 '아, 나 저놈 알아.' 하며 입을 벌려 구강 청소를 받고 갑니다. 한쪽은 먹을 걸 얻고, 다른 한쪽은 몸이 깨끗해지므로 둘이 상리 공생을 하는 것입니다.

　말미잘 속에 숨어 사는 물고기들이 있습니다. 말미잘은 여러 가닥의 발들을 이용해 작은 플랑크톤 같은 것을 잡아먹습니다. 그 안에 들어가 있으면 잡아먹힐 것 같은데, 밥이 되지 않고 오히려 보호를 받으며 삽니다. 지금까지 이렇게 말미잘과 물고기의 관계는 상리 공생의 대표적인 예로 알려져 왔습니다. 그런데 이 관계에 대해서는 최근 좀 다른 의견이 발표되었습니다. 이스라엘의 한 연구팀이 이들 관계가 상리 공생이 아닐 수 있다는 문제를 제기한 것이죠. 이 물고기들은 말미잘이 자신을 인식하지 못하게 하는 어떤 분비 물질을 만들어 제 몸에 바른다는 것입니다. 화학적 의사소통을 막는 거죠. 말미잘은 촉각뿐 아니라 화학적으로 의사소통을 하는데, 이 물고기들이 먹이일 수 있다는 걸 원천적으로 봉쇄하므로, 모르고 같이 살 수 있는 것입니다. 사람의 눈에는 붙어 있는 것처럼 보이지만 말미잘의 촉각에는 느낌이 전달되지 않는다는 것이죠. 따라서 이 경우도 앞으로 좀 더 연구가 이루어져야 상리 공생인지 편리 공생인지 정확히 알 수 있을 것 같습니다.

사람이 소를 기르는 것도 공생에 속합니다. 사람이 소를 보호해 주고 먹여 주는 대신 소는 사람에게 우유를 줍니다. 동물 사회에서도 이런 공생 관계를 볼 수 있습니다. 개미는 진딧물을 보호하고 진딧물은 개미에게 단물을 제공합니다. 진딧물만이 개미의 가축은 아닙니다. 개미는 꽤 여러 종류의 가축을 기릅니다. 개미가 이들을 기르는 방법도 사람과 유사합니다. 목동이 양 떼를 몰고 나가듯이 어떤 개미들은 아침이 되면 기르는 곤충들을 몰고 올라가서 좋은 잎에다 풀어놓고 보호하다가 저녁때가 되면 다 몰고 집으로 돌아옵니다. 우리가 외양간에서 가축을 묶어 기르듯이 곤충들을 아예 굴속에 데려다 키우며 먹이는 개미들도 있습니다. 깍지벌레들을 주로 외양간에 넣어 기르지요.

• 봉쇄하다 굳게 막아 버리거나 잠그다.

말벌도 다른 곤충들과 공생을 합니다. 제가 코스타리카 열대림에서 연구한 멸구* 종류의 곤충은 개미의 보호를 받는 것보다 말벌의 보호를 받는 것을 더 좋아합니다. 개미에게는 적은 양의 단물을 주지만 말벌에게는 훨씬 많은 양의 단물을 제공합니다. 말벌이 개미보다 더 잘 지켜 주기 때문일 겁니다. 말벌은 또 뿔매미도 기릅니다. 뿔매미 어미 중에는 먼저 부화한 새끼들을 말벌에게 맡기고 다시 알을 낳는 것도 있습니다. 그러면 훨씬 많은 알을 낳을 수 있지요.

　뭐니 뭐니 해도 가장 대표적인 공생은 곤충과 같은 동물과 꽃을 피우는 식물 즉 현화식물*의 공생일 겁니다. 곤충을 비롯한 몇몇 동물들은 꽃을 찾아다니며 꽃가루받이를 합니다. 호박벌이 꽃 위에서 꿀을 빠는 장면을 생각해 봅시다. 식물은 번식을 위해 꽃으로 동물들을 유혹하여 자신의 번식에 이용합니다. 꿀을 주면서 동물의 몸에 꽃가루를 붙입니다. "나 대신 내 여자 친구를 만나 줘." 하는 꼴이죠. 어떻게 보면 식물은 움직여 다니지 못하기 때문에 나름대로 기발한 방식으로 번식을 하는 것입니다.

　식물은 동물의 몸을 빌려 꽃가루받이만 하는 게 아닙니다. 열매를 맺고 씨를 퍼뜨리는 과정에서도 동물의 도움을 받는 것들이 많습니다. 우리가 먹는 맛있는 사과나 배 같은 과일은

---

• 멸구 멸굿과의 곤충. 몸길이는 2밀리미터 정도이고, 몸의 색깔은 녹색이며, 배와 다리는 누런 백색이다.
• 현화식물 꽃이 있고 열매를 맺으며, 씨로 번식하는 식물.

동물에게 '나를 먹고 그 씨를 어디 먼 곳에 퍼뜨려 달라.'고 요청하는 식물의 노력의 결과입니다. 우리는 그중에서 특별히 맛있는 것들을 골라 과수로 기르는 것이죠. 우리 인간이 고르지 않은 것 가운데 보기에는 굉장히 탐스럽게 생겼는데 먹으면 설사를 하는 것들이 많습니다. 설사하는 이유가 있습니다. 먹은 다음에 씨가 너무 오랫동안 배 속에 있으면 상할 수도 있겠죠. 그래서 이런 식물들은 열매에 설사를 일으키는 물질을 넣어 먹을 땐 맛있게 먹게 하고 조금 시간이 흐른 후에는 갑자기 뒤가 마렵게 하는 것입니다. 빨리 설사를 하게끔 해서 그 동물의 배설물을 자양분 삼아 씨앗이 자라게 하는 것이죠.

우리에게는 공존의 지혜가 조금 부족한 듯합니다. 우리는 우리의 잇속대로 나무를 마구 잘라 내고 동물을 죽이면서 스스로 환경의 위기를 자초하며 살아가고 있습니다. 이런 면에서 개미를 비롯한 여러 동물들에게서 삶의 지혜를 배워야 합니다. 이들이 진화의 역사에서 오래도록 살아남을 수 있었던 것은 공존의 지혜를 터득했기 때문입니다. 함께 살지 않으면 모두 멸망하고 맙니다. 우리 인간만 독불장군처럼 영원히 살 수는 없지요. 남을 배려해야만 우리도 사는 것입니다.

---

최재천 1954~

생물학자. 서울대학교 동물학과를 졸업하고 미국 펜실베이니아 주립대학교에서 생태학 석사 학위, 하버드 대학교에서 생물학 박사 학위를 받았다. 지은 책으로 『개미 제국의 발견』 『생명이 있는 것은 다 아름답다』 『최재천의 인간과 동물』 『과학자의 서재』 등이 있다.

# 한·중·일 삼국의 젓가락

김경은

전 세계 인구의 약 30퍼센트 정도가 젓가락을 사용한다고 한다. 한·중·일 삼국은 물론 베트남, 태국 등 일부 동남아시아 국가에서도 젓가락을 사용한다. 포크가 어느 나라에서 쓰이든 사용법, 재질, 크기에 큰 차이가 없는 것과는 달리 젓가락은 사용하는 나라에 따라 길이와 모양 등에 차이가 있다. 각 나라의 식사 문화에 따라 다른 양상으로 발전해 왔기 때문이다. 이 글에서는 한·중·일 삼국의 식사 문화와 이에 따른 젓가락의 차이에 관해 살펴보고자 한다.

중국인은 온 식구가 커다란 식탁에 둘러앉아 식사를 한다. 또 기름기가 많은 음식을 즐겨 먹는다. 그래서 멀리 놓인 음식을 집기 편하도록 젓가락의 길이를 길게 했고, 기름기가 많은 음식이 미끄러지는 것을 막으려고 젓가락 끝을 뭉툭하게 만들었다.

일본인은 밥을 먹을 때에 한 손으로 밥그릇을 들고 젓가락을 사용하여 먹는다. 게다가 독상에 음식을 차려 먹으므로 젓가락이 길 필요가 없는 것이다. 일본인은 생선구이, 생선회, 야채 절임 등을 즐겨 먹기 때문에 이런 음식들을 집기 편하도록 젓가락 끝이 뾰족하다.

한국인은 가족이 함께 먹긴 해도 밥상을 따로 차려 먹었기 때문에 중국처럼 젓가락이 길지 않았다. 또 기름기가 많은 음식이나 해산물을 많이 먹지 않았으므로 젓가락 끝 모양이 중국처럼 뭉툭하거나 일본처럼 뾰족하지 않았다. 대신 김치, 깻잎, 콩자반과 같이 굵기와 크기가 다양한 음식을 두루 집기 편하도록 젓가락 끝을 납작하게 만들었다.

지금까지 살펴본 바와 같이 한·중·일 삼국의 젓가락은 그 길이와 모양이 다르다. 중국의 젓가락은 길고 끝이 뭉툭하고, 일본의 젓가락은 짧고 끝이 뾰족하다. 한국의 젓가락은 길이가 중국과 일본의 중간쯤 되고, 끝이 납작하다. 한·중·일 삼국의 젓가락 가운데 무엇이 더 우수하다고 할 수는 없다. 각국의 식사 문화가 낳은 산물이기 때문이다. 젓가락도 문화다.

김경은
언론인. 서울시립대학교를 졸업하고 신문사에서 기자로 일했다. 지은 책으로 『집, 인간이 만든 자연: 한·중·일 전통가옥문화 삼국지』『한·중·일 밥상문화』가 있다.

# 우리는 왜 간지럼을 느낄까

서동준

엄마와 딸 사이에, 형제끼리, 그리고 사랑하는 사람끼리 서로 몸 여기저기를 손으로 간질이면 분위기가 화기애애해지곤 합니다. 그런데 좀 이상하지 않나요? 촉감이라는 자극만으로 사람이 웃는다는 사실 말입니다. 단순히 살살 만지기 때문에 웃는 것일까요? 그렇다면 왜 바람이 옆구리를 지나갈 때나, 벌레가 팔 위를 기어가고 있을 때는 웃음이 나지 않는 것일까요. 손으로 간질이는 것보다 훨씬 가벼운 자극인데 말이지요. 사실 사람을 웃게 하는 간지럼은 아주 오래된 수수께끼입니다. 그럼 지금부터 이 수수께끼를 살펴볼까요?

### 근질근질 가려움, 키득키득 간지럼

어떤 물체가 살에 닿아 가볍게 스치면 간지러운 느낌 때문에 가만히 있기 어렵지요. 이처럼 견디기 어렵게 간지러운 느낌은 두 가지로 나누어 볼 수 있습니다. 하나는 '외부 자극에 의

한 가려움(knismesis)'이고 또 다른 하나는 이 글에서 주의 깊게 살펴볼 '웃음이 나는 간지럼(gargalesis)'입니다. 이 둘은 어떻게 다를까요?

먼저 외부 자극에 의한 가려움을 살펴보겠습니다. 벌레가 팔위를 누비는 상황을 생각하시면 됩니다. 굉장히 성가신 가려움이지요. 몸 전체의 피부에서 나타나는데 특징은 아주 약한 움직임으로 발생한다는 것입니다. 이것이 느껴지면 '벅벅' 긁거나 문지르고 싶어지지요.

가려움은 연구가 많이 진행됐습니다. 아토피 피부염, 두드러기 등 가려움과 관련된 피부 질환이 많고, 하나같이 견디기 어렵기 때문이지요. 과거에는 가려움을 통각(痛覺)*의 일종으로 여겼습니다. 통각의 세기가 약하면 가려움이 발생한다고 생각해 왔지요. 하지만 최근 통각이 약하다고 해서 가려움을 느끼는 것이 아니라 가려움을 느끼는 신경이 따로 있다는 사실이 드러났습니다.

이번에는 이 글에서 본격적으로 주목할 '웃음이 나는 간지럼'을 살펴보겠습니다. 이것은 신체의 특정 부위에서 잘 일어나며, 가려움보다는 더 강한 촉감 때문에 생긴다는 특징이 있습니다. 간지럼도 가려움과 마찬가지로 이전에는 통각으로 여겼습니다. 1939년에 솜털로 고양이를 살살 간질이는 실험을 한 결과, 고양이의 통각과 관련된 신경들이 반응했고 이를 본

• 통각 고통스러운 감정이 따르는 감각. 피부의 자극이나 신체 내부의 자극에 의해 일어난다.

실험자가 간지럼이 통각과 관련이 있다고 주장했습니다. 그 뒤의 연구들도 간지럼은 통각과 관련이 있다는 사실을 뒷받침했지요.

그런데 1990년, 이와 반대되는 연구 결과가 나왔습니다. 척수 손상으로 통증을 못 느끼는 환자들도 간지럼을 탄다는 것입니다. 간지럼의 원인이 통각만이 아니었던 것입니다. 간지럼의 원인은 다시 혼란에 빠지게 되었습니다. 현재는 촉각과 통각의 혼합이 유력한 후보로 꼽히고 있으며, 압각(壓覺)*과 진동각(振動覺)* 등 여러 감각과의 연관성이 제시되고 있습니다.

### 왜 간지럼을 타게 됐을까

왜 가려움을 느끼게 되었는지는 설명하기 쉽습니다. 가벼운 자극이라도 문지르거나 긁는 반응을 해야 곤충이나 기생충같이 몸에 해로운 것을 일차적으로 막을 수 있기 때문입니다. 하지만 간지럼은 다릅니다. 간지럼을 타지 않는다고 해서 살아가는 데 크게 불편한 점은 없어 보입니다.

진화적으로 간지럼을 타게 된 이유를 찾을 수 있을까요? 먼저 서로 간에 친밀해지는 작용을 한다는 해석이 있습니다. 가벼운 접촉을 통해서 부모 자식 사이에, 형제간에 유대감을 증진한다는 것이지요. 그런데 왜 하필 고통스러운 방법으로 유

---

• 압각 피부나 그 밖의 신체 일부가 눌렸을 때 생기는 감각.
• 진동각 흔들려 움직이는 자극을 받아들이는 감각.

대감을 증진하는지는 의문으로 남습니다.

그래서 두 번째로 등장한 해석이 방어 능력을 학습한다는 것입니다. 우리가 쉽게 간지럼을 타는 신체 부위는 사람의 약점이기도 합니다. 목, 겨드랑이, 옆구리 등이 바로 그런 부위이지요. 어릴 때부터 부모가 아이의 취약점을 가볍게 건드리면서 아이는 자연스럽게 자신의 신체 중 어디가 약한지를 알고, 방어하는 방법을 깨닫게 된다는 것입니다.

이 두 가지를 엮어서 설명하면 조금 자연스러워집니다. 한 심리학 교수는 "간지럼을 태우면서 서로 유대감을 끈끈하게 하는 동시에, 취약한 부분의 방어를 학습하게 하는 것"으로 간지럼의 진화를 설명했습니다.

### 예측 불가능한 간지럼

지금 실험을 하나 해 보지요. 자신의 손으로 자신이 가장 간지럼을 탈 만한 부위를 간질여 보세요. 겨드랑이 아래나 발바닥 등 어디든 좋습니다. 웃음이 나셨나요? 단순히 촉감이 있다는 느낌은 들었을 테지만 웃음은 나지 않았을 것입니다. 똑같이 간질이는 자극인데 왜 내가 할 때는 웃음이 나지 않을까요?

결론부터 말하자면, 내가 나를 간질이는 것은 예측할 수 있기 때문입니다. 어디를, 얼마나 세게, 얼마나 오랫동안 간질일지를 다 안다는 것이지요. 남이 나를 간질일 때는 이와 관련된 정확한 정보가 없습니다. 예측할 수가 없지요.

1998년에 영국에서 남이 나를 간질일 때와 내가 스스로 간

질일 때의 뇌 반응을 비교해 보았습니다. 여기서 분명한 차이를 보이는 것은 소뇌(小腦)였습니다. 소뇌는 어떤 감각의 결과를 예측하는 역할을 하는데, 내가 나를 간질일 때는 간질이는 위치나 세기 등을 이미 다 알고 있어 예측할 필요가 없기 때문에 소뇌의 반응도 적었습니다. 내가 나를 만질 때마다 간지럼을 탄다면 정말 피곤하지 않을까요?

남이라고 전부 간지럼을 타는 것은 또 아닙니다. 영국에서 로봇으로 간질이는 실험을 했는데, 이때 실험 참가자는 간지럼을 타지 않았습니다. 눈으로 본 로봇의 움직임을 예측할 수 있었기 때문입니다. 처음에는 움찔했을지 몰라도 사람처럼 세기나 위치가 계속 바뀌지는 않거든요. 그런데 예상 범위를 벗

---

• 소뇌 대뇌의 아래에 있는 뇌의 한 부분. 평형 감각과 근육 협동을 조절하는 역할을 한다.

어나도록 속도나 범위에 변화를 계속 주면 그때에는 간지럼을 탔습니다.

간지럼은 단순한 촉감도, 귀찮은 행동 중의 하나도 아닙니다. 이를 연구하는 것 또한 한낱 궁금증을 해결하는 데 그치는 것은 아니지요. 최근 들어 심리학과 신경 과학 분야에서 간지럼을 비롯해 사람의 행동과 관련된 연구가 점점 더 활발해지고 있습니다. 간지럼이 운동과 지각(知覺)*의 통합 과정을 밝혀낼 수 있는 좋은 사례이기 때문입니다.

'예측'과 '행동', '피드백'은 사람에게는 매우 자연스러운 행위입니다. 예를 들어 사람은 공을 목표 지점에 던질 때 감각으로 거리를 가늠하고 그만큼 던집니다. 만약 공이 목표 지점보다 멀리 갔다면 다시 던질 때 힘을 약하게 조절해서 던지지요. 그런데 간지럼은 예외적인 사례입니다. 아무리 예측하려 해도 예측을 벗어나기 때문에 간지럼이 나타나고, 피드백 과정을 거쳐도 또다시 예측을 벗어날 수밖에 없습니다. 우리는 간지럼에서 '예측 불가능성'에 대처하는 법을 배울 수 있고, 이를 인공 지능에도 활용할 수 있습니다.

* 지각 감각 기관을 통해 대상을 인식함. 또는 그런 작용.

서동준
어린이 과학 잡지 기자. 대학에서 생물학을 전공했다.

# 외향적인 사람이 강하다?

문세영

  숫기가 없고 말수가 적으면 사회 적응력이 떨어지고 유약한[*] 사람으로 보이기 쉽다. 반대로 활달하고 명랑하면 사교성 있고 강인한 사람으로 보이게 된다. 그렇다면 실제로 외향적인 사람이 내향적인 사람보다 강한 것일까.

  내향적인 사람은 어떤 특성을 보일까. 일반적으로 생각하는 것처럼 조용하고 부끄러움이 많고 혼자 있기를 좋아한다는 점이 내향성의 본질은 아니다. 내향적이라는 것은 말을 내뱉기 전 심사숙고하고[*] 행동하기 전 충분히 생각하고 실천으로 옮긴다는 것을 의미한다.

  반면 외향적인 사람은 다른 사람과 대화를 나누는 과정에서 자기 생각을 정리하고 사고를 형성해 나간다. 머릿속으로 깊

 

• 유약하다 부드럽고 약하다.
• 심사숙고하다 깊이 잘 생각하다.

이 사고하는 시간이 짧기 때문에 결론에 도달하는 시간이 짧고 그만큼 충동적인 경향을 보이기도 한다.

성향의 차이는 생리학적*인 차이와도 연관이 있다. 자주 사용하는 뇌 영역의 부위가 서로 다르다. 내향적인 사람은 외향적인 사람보다 대뇌의 전두엽*으로 많은 혈액이 흐른다. 이 부위는 기억력, 문제 해결 능력, 계획 세우기 등과 연관이 있다. 반면 외향적인 사람은 운전, 듣기, 보기 등과 연관이 있는 뇌 영역으로 더욱 많은 혈액이 흐른다.

따라서 외향적인 사람이 내향적인 사람보다 강하다는 표현은 적절하지 않다. 각기 다른 강점이 있을 뿐이다. 정신과 의사이자 심리학자인 카를 구스타프 융(Carl Gustav Jung)은 모든 사람이 두 가지 성향을 함께 가지고 있지만 그중 한쪽으로 좀 더 기울어 있다고 설명했다. 즉, 성향을 기준으로 우열을 가릴 필요가 없다는 의미이다.

---

• 생리학적 신체의 조직이나 기능을 연구하는 학문에 관계되는. 또는 그런 것.
• 전두엽 대뇌의 앞부분으로 기억력, 사고력 등을 주관하는 기관

---

문세영
코메디닷컴(www.kormedi.com) 기자.

# 퍼지 이론

YES
NO

원작: EBS Math 제작팀 | 글 염지현

'예쁘다', '멋있다'와 같은 주관적인 표현은 수학으로 증명하기 어렵다. 사람마다 그 기준이 다르기 때문이다. 1965년 미국 버클리 대학교의 자데(L. A. Zadeh) 교수는 불분명한 상황을 수학으로 표현하기 위한 이론을 개발했다. 자데 교수는 '예' 또는 '아니오'라는 단순한 논리 구조로 복잡하고 애매한 것들이 많은 현실 세계를 모두 설명할 수는 없다고 생각했다. 그래서 '보통이다', '나름 괜찮다', '제법 괜찮다'와 같은 주관적인 표현들의 상대적인 중요도를 일정한 값으로 나타냈다. 예를 들어 '나름 괜찮다' 대신 '0.7 정도 괜찮다.'라고 표현한 것이다.

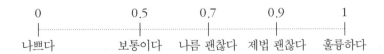

| 0 | 0.5 | 0.7 | 0.9 | 1 |
|---|---|---|---|---|
| 나쁘다 | 보통이다 | 나름 괜찮다 | 제법 괜찮다 | 훌륭하다 |

자데 교수는 이 이론을 '애매하다', '모호하다'라는 뜻의 '퍼지(fuzzy)'라는 단어를 사용해서 '퍼지 이론'이라고 불렀다. 그러나 자데 교수가 이 이론을 발표하자, 수학자들은 애매하고 모호한 것은 수학이 될 수 없다며 이 이론을 수학으로 인정하지 않았다.

하지만 퍼지 이론이 전자 제품에 응용되면서 상황은 정반대로 변했다. 전통적인 컴퓨터 프로그램은 '예' 또는 '아니오'만 처리할 수 있었지만, 퍼지 이론이 적용된 컴퓨터 프로그램은 다양한 단계의 명령어를 처리할 수 있게 되었기 때문이다.

예를 들어 전통적인 컴퓨터 프로그램도 '에어컨 설정 온도를 25도로 맞춰라.'처럼 구체적인 명령어는 쉽게 처리할 수 있었다. 하지만 '실내가 시원하게 에어컨을 틀어라.'처럼 애매한 명령어는 처리하기 어려웠다. '예' 또는 '아니오'만 인식하던 기존 전자 제품이 이런 '시원하게'와 같이 애매한 상황을 판단하는 것은 불가능했기 때문이다.

퍼지 이론이 적용된 에어컨은 현재 실내 온도를 측정하는 센서를 이용하여 명령어를 처리한다. 만약 실내 온도가 30도일 때, 에어컨 설정 온도가 29도이면 사람들이 시원함을 느낄 확률은 0.25, 25도면 0.5, 20도면 0.75, 18도면 대부분의 사람들이 확실히 시원함을 느끼므로 확률은 1이라고 할 수 있다. 따라서 30도에서 '실내가 시원하게 에어컨을 틀어라.'라는 명령을 받으면, 퍼지 이론이 적용된 에어컨은 대부분의 사람들이 시원함을 느낄 수 있는 18도로 온도를 설정한다.

전기밥솥에도 예전에는 '켜짐'과 '꺼짐' 두 가지 명령어만 있었다. 그런데 전기밥솥에 퍼지 이론을 적용하자, 온도와 열을 더 세밀하게 조절할 수 있게 되어 더욱 맛있는 밥을 할 수 있게 되었다.

오늘날 퍼지 이론은 전자 제품뿐만 아니라 다른 분야에도 적용되고 있다. 예전에 지하철은 '출발'과 '멈춤' 두 가지 명령어만 있어서 속도를 자유롭게 조절하기가 힘들었다. 그래서 승객들은 지하철이 갑자기 출발하거나 멈춘다고 느끼는 경우가 많았다. 하지만 지하철 운행에 퍼지 이론을 적용한 후에는 이런 일을 크게 줄일 수 있었다. 퍼지 이론으로 '출발'과 '멈춤' 사이에 기준을 여러 개 입력해서 속도를 다양하게 조절할 수 있도록 만들었기 때문이다.

이처럼 퍼지 이론은 우리의 생활을 더욱 편리하게 만들어 주었다. 퍼지 이론의 사례에서 볼 수 있는 것처럼 수학은 우리의 삶과 동떨어져 있지 않다. 일상생활 속에 숨어 있는 수학 원리에 관심을 가져 보는 것은 어떨까?

---

염지현 1985~
수학 전문 기자. 지은 책으로 『최소한의 수학 지식』이 있다.

〈설명의 방법〉
- 정의: 대상의 의미와 범위를 밝혀 설명한다.
- 비교와 대조: 두 대상을 공통점(비교)이나 차이점(대조)을 중심으로 설명한다.
- 분류와 구분: 여러 대상을 기준에 따라 묶거나 나눌 때 주로 쓰인다.
- 인과: 어떤 결과를 가져오는 원인, 또는 원인에 따른 결과를 설명할 때 주로 쓰인다.
- 분석: 연관이 있는 여러 부분으로 이루어진 하나의 대상을 설명할 때 주로 쓰인다.
- 과정: 어떤 결과에 이르는 과정이나 절차에 따라서 설명할 때 쓰인다.
- 예시: 익숙한 사례를 들어 보여 주면서 대상을 설명할 때 쓰인다.

**다음 글에서 글쓴이가 대상을 효과적으로 설명하기 위해서 어떤 방법을 사용하고 있는지 이야기해 봅시다.**

⑴ 정전기는 우리 생활을 편리하게 하는 데에도 이용되고 있다. 복사기는 정전기를 이용한 대표적인 제품이다. 복사기는 정전기를 이용해 토너의 잉크 가루를 종이에 붙인다. 집진기도 정전기를 이용해서 공기 중의 먼지를 모은다.
(「정전기가 겨울로 간 까닭은?」, 37~38면)

⑵ 친구들은 아주 많이 슬프거나 화가 날 때, 혹은 걱정이 있을 때 어떻게 해? 어떤 영화의 주인공은 그럴 때 달리기를 하더라고. 심장이 터질 때까지 달리기를 하다 보면 어느새 마음이 가라앉는다는 거야. 또 어떤 사람은 그럴 때 노래를 부르기도 하더군. 큰 소리로 노래를 부르다 보면 어느 틈엔가 거북하고 불편했던 마음이 조금씩 평온해지는 걸 느낀대.
(「읽으면 읽을수록 좋은 만병통치약」, 58~59면)

(3) 아프리카 초원에는 혹돼지라고 부르는 멧돼지가 있습니다. 이 멧돼지를 비롯한 아프리카의 많은 큰 동물들의 몸에는 새들이 들러붙어 삽니다. 때로는 열마리 정도가 들러붙어 있습니다. 매우 귀찮아할 것 같지만 멧돼지나 다른 큰 동물들은 이 새들을 아주 좋아합니다. 이 새들이 몸에 붙은 기생충을 다 잡아 주기 때문이죠. 이렇게 큰 동물들과 새들처럼 두 쪽 모두가 이득을 취하는 관계를 상리 공생이라고 합니다. (「서로 돕는 사회」, 69면)

(4) 중국의 젓가락은 길고 끝이 뭉툭하고, 일본의 젓가락은 짧고 끝이 뾰족하다. 한국의 젓가락은 길이가 중국과 일본의 중간쯤 되고, 끝이 납작하다. 한·중·일 삼국의 젓가락 가운데 무엇이 더 우수하다고 할 수는 없다. 각국의 식사 문화가 낳은 산물이기 때문이다. (「한·중·일 삼국의 젓가락」, 75면)

**다음 글을 읽고 물음에 답을 해 봅시다.**

서울에서 강변북로와 자유로를 타고 문산 방향으로 가다가 37번 국도로 빠져나와 달리다 보면 경기도 파주시 적성면 자장리가 나온다. 길가에 낯선 입간판이 보여 안쪽으로 들어서면 '북한군 중국군 묘지 안내도'가 보인다. 이곳은 한국 전쟁에서 남한과 서로 적으로 맞선 상대인 북한군과 중국군의 무덤이다. 제1묘역, 제2묘역으로 표시된 입간판이 서 있다. 안내도에는 이렇게 적혀 있다.

"이곳은 6·25 전쟁(1950. 6. 25~1953. 7. 27)에서 전사한 북한군과 중국군 유해, 6·25 전쟁 이후 수습된 북한군 유해를 안장한* 묘지이다. 대한민국은 제네바 협약과 인도주의 정신에 따라 1996년 6월 묘역을 구성하였으며, 묘역은 6,099㎡로 1묘역과 2묘역으로 구분되어 있다."

이곳은 '적군 묘지'로도 불린다. 군부대가 관리하고 있지만 지키는 사람이 없어 출입이 자유로웠다. 왼쪽의 1묘역에는 북한군 유해(유골)만 안치되어 있고, 오른쪽의 2묘역에는 북한군과 중국군의 유해가 함께 안장되어 있다고 한다. 무덤마다 놓인 비석에는 누구의 무덤인지, 어디에서 전사했는지 등의 기록이 적혀 있다. 2묘역에 있던 중국군 유해는 2014년 무렵부터 몇 번에 걸쳐 대부분 중국으로 돌려보냈다고 한다. 지금은 북한군 무덤만 남아 있다. 더러 '무명인' 비석이 눈에 들어온다. 이름도 없이 스러져 간 젊은 넋이 여기에 누워 있는 것이다.

1묘역에는 한국 전쟁 때 숨진 북한군 유해에다 한국 전쟁 이후 남쪽에서 내려왔다가 숨진 북한군도 안장되어 있다고 한다. 그래서 여기는 2묘역보다 조금 더 잘 단장되어 있는 곳이다. 말끔히 단장된 1묘역을 돌아보다가 문득 무덤이 모두 북쪽을 향하고 있다는 생각이 들었다. 여기서 휴전선까지는 불과 몇십 리이다. 비록 육신은 땅에 묻혔지만 영혼이라도 고향을 바라보기를 바라는 마음에서 이렇게 배치한 것이 아닐까? 그런 배려를 해 준 사람이 새삼 고맙다.

여기에 묻혀 있는 저 무덤 속 젊은이들이 자기 고향 땅으로 돌아갈 날은 언제일까? 남과 북 누구도 쉽게 말할 수 없을 것이다. 북한과 미국이 북쪽에 안장되어 있던 미군의 유해를 발굴하고 송환하는* 뉴스를 보면서, 우리 남과 북 모두 전쟁의 상처가 아물지 못하고 있음을 확인한다. 화해와 평화의 실천이 더욱 필요하고 중요하다는 것을 거꾸로 확인하는 셈이다.

(박종호「적군 묘지 앞에서」2018)

---

• 안장하다 편안하게 장사 지내다.  • 송환하다 본국으로 도로 돌려보내다.

(1) 이 글의 중심 내용은 무엇입니까?

(2) 적군 묘지에서 무덤이 북쪽을 향하고 있는 까닭을 추측해 봅시다.

(3) 이 글에 사용된 주된 '설명의 방법'을 찾아 정리해 봅시다.

(4) 이 글에 사용된 '설명의 방법'은 적절한지 그 까닭을 들어 말해 봅시다.

(5) 이 글과 같이 어떤 대상을 정하고, 적절한 '설명의 방법'을 활용하여 글을 써 봅시다.

● 설명하려고 하는 대상: _____
● 설명의 방법: _____

2부
아끼다가
똥
될지라도

-------------- 어렵게 찾은 맛집에 가서 주문한 음식
이 나왔을 때 "잠깐!" 하며 사진을 찍어 본 적이 있나
요? 혹은 그런 사진을 찍는 친구를 기다려 준 적이 있나
요? 요즘 에스엔에스(SNS)에 올라오는 음식 사진들을
보면 참 예쁘기도 합니다. 물론 음식 자체도 먹음직스러
워 보이지요. 어울리는 그릇에 보기 좋게 담겨 나온 음
식은 우리 눈을 더욱 즐겁게 해 주지요. 보기 좋은 떡이
먹기도 좋듯이 글도 마찬가지입니다. 우리는 글을 쓸 때
무엇을, 어떻게 쓸지 고민합니다. 일상에서 글감을 발견
하고 이를 잘 전달하기 위해 여러 표현법을 활용합니다.
형식이라는 그릇에 내용이라는 음식을 담는 것이지요.

2부에는 일상에서 경험한 바를 다양한 표현으로 풀어
내는 글을 묶었습니다. 우리가 알고 있는 '아끼다 똥 된
다.'는 속담의 의미를 반전시켜 '결핍이 없는 곳엔 풍요
함도 있을 수 없다.'는 것을 깨닫게 해 주는 글도 있고,
자신의 경험담을 소개하며 '실수'의 긍정적 의미를 생각
해 보게 하는 글도 있습니다. 일상의 경험을 새로운 시
선으로 날카롭게 풍자한 글도 있고, 역설적인 표현을 통
해 숨겨진 진실을 이야기하는 글도 있습니다. 글쓴이의
생각과 느낌, 경험이 드러나는 개성적인 표현에 주목하
며 예쁜 그릇에 가지런히 담긴 음식을 천천히 꼭꼭 씹어
맛을 볼까요?

# 따뜻한 조약돌

이미애

  6학년 땐가 몹시도 추웠던 겨울이었습니다. 점심시간이면 말없이 사라지는 아이가 있었습니다. 반 친구들로부터 이유없이 따돌림을 받던 아이는 늘 그렇게 혼자 굶고 혼자 놀았습니다. 그러던 어느 날 그 아이가 다가와 쪽지 하나를 내밀었습니다.

  "은하야, 우리 집에 놀러 갈래?"

  그 애와 별로 친하지 않았던 나는 좀 얼떨떨했지만 모처럼의 제의를 거절할 수가 없었습니다.

  "그래, 수업 끝나고 보자."

  그날따라 날이 몹시 추웠습니다. 발가락이 탱탱하게 얼어붙고 온몸이 오그라드는 것 같았지만 한참을 가도 그 애는 다 왔다는 말을 하지 않았습니다. 괜히 따라나섰다는 후회가 밀려오고 그냥 집으로 돌아가고 싶은 생각이 치밀기 시작할 때쯤 그 애가 멈춰 섰습니다.

"다 왔어. 저기야, 우리 집."

그 애의 손끝이 가리키는 곳에는 바람을 막기도 어렵고 함박
눈의 무게조차 지탱하기 힘들어 보이는 오두막 한 채가 서 있
었습니다. 퀴퀴한 방 안엔 아픈 어머니와 어린 동생들이 옹기
종기 모여 있었습니다.

"아, 안녕하세요?"

"미안하구나. 내가 몸이 안 좋아 대접도 못 하고……."

내가 마음을 풀고 그 애의 동생들과 놀아 주고 있을 때 품팔
이를 다닌다는 그 애 아버지가 돌아오셨습니다.

"어이구, 우리 딸이 친구를 다 데려왔네."

그 애 아버지는 딸의 첫 손님이라며 날 반갑게 대했고, 나는
친구와 즐겁게 놀았습니다.

날이 저물 무렵 그 애 집을 나설 때였습니다.

"애야, 잠깐만 기다려라."

"저……. 이거. 줄 게 이거밖에 없구나."

그 애 아버지가 장갑 낀 내 손에 꼭 쥐여 준 것, 그것은 불에
달궈 따뜻해진 조약돌 두 개였습니다. 하지만 그 조약돌 두 개보

다 더 따뜻한 것은 그다음 내 귀에 들린 한마디 말이었습니다.

"집에 가는 동안은 따뜻할 게다. 잘 가거라."

나는 세상 그 무엇보다 따뜻한 돌멩이 난로를 가슴에 품은 채 집으로 돌아왔습니다.

이미애
「TV동화 행복한 세상」 구성 작가.

# 아끼다가 똥 될지라도

최은숙

"아끼다 똥 된다."

이건 우리 아이가 유치원 다닐 때 처음으로 배워 온 속담이다.

"왜 똥이 돼?"

"우리 선생님이 알려 주셨어. 옛날 옛적에 욕심 많은 여우가 있었는데 어느 날 산길을 가다가 금방 죽은 토끼 한 마리를 발견했어. 근데 지금 먹기엔 좀 아까운 거야. '다음 날 먹어야지.' 하고 아무도 없는 깊은 산골짜기로 들고 가서 어떤 나무 밑에 토끼를 묻었어. 아무도 못 찾아내게 깊이 묻고 돌멩이로 살짝 표시를 해 놨어. 다음 날 저녁 식사로 토끼를 찾으러 가려다가 생각하니까 지금 먹기가 또 아까운 거야. 그래서 '내일 먹어야지.' 하고 다른 걸 먹고 그냥 잤어. 그다음 날도 그다음 날도 그랬어. 그러다 한참이 지난 뒤 토끼가 먹고 싶어서 견딜 수가 없어진 여우가 산속으로 갔어. '이젠 먹어야지.' 하고. 근데 도저히 거기를 찾을 수가 없는 거야. 할 수 없이 집으로 돌아와 다른 걸 먹고 잤어. 다음 날 '꼭 오늘은 찾아야지.' 하고 가서 간신히 찾았는데 토끼가 없네! 썩어서 흙이 된 거야. 그래서 못 먹고 그냥 돌아와서 굶고 잤어. 그게 '아끼다 똥 된다.'야."

우린 배꼽을 쥐고 웃었다. 무언가를 너무 아끼거나, 남과 나누기를 싫어하고 혼자 욕심껏 그러잡거나, 쓰기를 미룬 나머지 쓸모가 없어지는 경우에 해당하는 속담일 텐데, 그러고 보니 옛날이야기 속에는 자반*을 걸어 두고 냄새만으로 찬을 삼는 자린고비*도 있고, 된장 독에 앉았다 날아간 파리를 잡아 쪽쪽 빨아 먹는 구두쇠 이야기도 있었다.

그날 우리 식구들은 자기가 알고 있는 '아끼다 똥 된 이야기'를 하나씩 하느라고 시간 가는 줄 몰랐다.

중학교 때 내 친구 혜숙이 아버지는 쥐포를 한 봉지 사다가 텔레비전 상자(예전에는 텔레비전이 다리 달린 상자 속에 들어 있었다.)와 벽 틈에 감추어 두고 잊어버리셨다. 어느 날 혜숙이 아버지께서 쥐포를 그 틈에서 꺼냈는데 쥐포에 곰팡이가 파랗게 피어 있었다. 혜숙이와 나는 우물에 앉아서 소금을 뿌리며 쥐포를 박박 씻었다. 그리고 아저씨는 물에 씻은 쥐포를 기름에 튀겼다. 그 쥐포가 얼마나 맛있었는지 모른다.

중학교에 가려면 자전거를 배워야 했다. 6학년 때 자전거를

---

• 자반 생선을 소금에 절여서 만든 반찬감. 또는 그것을 굽거나 쪄서 만든 반찬.
• 자린고비 인색한 사람을 낮잡아 이르는 말.

처음 샀는데 혜숙이와 나는 자전거에 중독되어 버렸다. 요즘 아이들이 게임에 빠지듯 우리는 자전거에 빠졌다. 아무리 타도 싫증이 나지 않았다. 담임 선생님께서 퇴근하시다 보면 우리가 자전거를 끌고 개울둑으로, 논두렁 사잇길로 휘달리는 모습을 날마다 보실 정도였다. 자전거 타는 법을 선생님이 가르쳐 주셨지만 걱정이 되셨나 보다. 자전거 그만 타고 공부하라고 나무라셨다. 그래도 우리는 줄기차게 탔다.

어느 일요일엔 필통과 공책을 산다는 핑계로 고개 너머 직행 버스가 서는 대평리까지 자전거를 타고 가는데 고개에서 당직하러* 오시는 선생님을 만났다. 선생님도 자전거를 타고 출퇴근하셨는데 우리를 보고 놀라서 그걸 사러 그 먼 데까지 가느냐며 선생님이 내일 사다 줄 테니 같이 돌아가자고 하셨다. 하지만 우린 기어이 대평리엘 갔다. 빨간색 필통, 공책 한 권 그리고 껌 한 통과 환타 한 병이 우리가 산 물품이다. 껌 다섯 개를 빼고 빈 껌통에 환타를 따라 나눠 마시면서 한나절 내내 뙤약볕 뜨거운 줄 모르고 자전거를 탔다.

자전거는 보물이었다. 밤새 비가 내려 다음 날 아침 비를 쫄딱 맞은 자전거를 보면 가슴이 철렁하고 괴로웠다. 자전거를 녹슬게 한다는 건 있을 수 없었다. 주황색, 연두색, 보라색, 세 가지의 색 볼펜을 처음 써 본 날도 잊을 수 없다. 미원과 경쟁하던 미풍 회사에서 홍보용으로 색 볼펜 세 개를 한 세트로 묶

---

* 당직하다 근무하는 곳에서 숙직이나 일직 따위의 당번이 되다.

어 증정했는데* 우리 반에서 그걸 가장 먼저 가진 사람이 혜숙이와 나다. 나는 그 색 볼펜이 엄청 신기하고 아까워서 그걸로는 글씨를 못 쓰고 중요한 부분을 표시할 때만, 그것도 밑줄 긋는 게 아니라 별만 조그맣게 그렸다. 친구들이 빌려 달라고 할 때도 별표에 한해서만 빌려줬다. 내가 도끼눈을 뜨고 감시했기 때문에 아무도 감히 밑줄을 못 쳤다. 그날들의 느낌과 색채가 아직 내 마음속에 있다. 어느 것도 풍족하게 가져 본 일이 없고 아낌없이 써 본 일이 없다. 그래서 조금씩 아껴 맛보았던 세상이 이렇게 오래 남는 선물이 되었다.

무엇이든지 조금은 부족해야 귀하다. 아침에 고구마를 스무 개쯤 쪄서 출근할 때 가져가면 우리 반 아이들은 사흘은 굶은 녀석들처럼 침을 삼킨다. 반씩 잘라서 나눠 줄 때에는 조금이라도 더 큰 걸 고르려고 난리를 피운다. 만약 한 바구니 넘치게 고구마를 가져간다면 그러지 않을 것이다. 예쁜 엽서가 많이 생겨서 반 아이들에게 선물하고 싶을 때도 일부러 다섯 장만 들고 간다.

• 증정하다 어떤 물건 따위를 성의 표시나 축하 인사로 주다.

"딱 다섯 장밖에 없는데, 필요한 사람?"

지금까지 그 엽서가 없어도 아무렇지도 않았는데 녀석들은 엽서 한 장 가지려고 가위바위보까지 한다. 우리 아이들이 가진 게 좀 더 부족했으면 좋겠다. 가진 게 너무 많아서, 똥이 될 만큼 아끼는 대상이 없다.

국어책 학습 활동에 '자기네 가족이 가장 아끼는 물건 세 가지 써 보기' 과제가 있었다. 식구들과 이야기해 보고 써 오라고 숙제로 냈다. 나도 내가 아끼는 것들을 적어 보았다. 할머니가 쓰시던 칠보 비녀, 단하가 그려 준 내 초상화, 장 선생님이 구워 주신 도자기 연필꽂이, 지은 씨가 선물해 준 꽹과리 채……. 우리 반 아이들이 적어 온 사연은 뭘까. 무척 궁금했다. 기대와는 달리 아이들은 대부분 빈칸을 채워 오지 못했다. 써 온 아이들도 간혹 있었지만 소파, 냉장고, 자동차 같은 것들이었다. 사소하지만 나만의 사랑, 나만의 이야기가 담긴 물건이 없었다. 결핍이 없는 곳에는 풍요함도 자리할 수 없는가 보다.

교실을 청결하게 정돈할 때 기분이 참 좋다. 숭식이가 신문지에 물을 묻혀 거울을 깨끗이 닦아 줄 때, 법성이가 칠판을 파랗게 닦아 놓을 때 기쁘다. 나는 게시판에 예쁜 그림을 걸기도 하고 창가의 화분을 바꿔 놓기도 한다. 아이들은 책상 서랍과 가방 속, 필통을 정돈하고 체육복을 차곡차곡 개어 놓고, 청소 용구함에 빗자루를 단정하게 포개어 놓는다. 비 오는 날에는 교실 뒤에 우산을 영화처럼 펼쳐 놓는다. 그러면 선생님이 좋아하면서 자신들을 칭찬해 주니까 그렇게 해 주는 것 같다. 하지만 자주 하면 습관이 될 것이다. 함부로 구기지 말고 함부로 버리지 말고 함부로 쓰지 않고 모든 걸 아끼면서, 귀하게 다독이면서 살자. 아끼다 똥 될지라도.

---

최은숙 1966~
국어 교사. 지은 책으로 시집 『집 비운 사이』, 산문집 『미안, 네가 천사인 줄 몰랐어』 『성깔 있는 나무들』 『세상에서 네가 제일 멋있다고 말해주자』 등이 있다.

# 노래를 만들고 부르는 사람

윤덕원

　안녕하세요, 저는 밴드 '브로콜리 너마저'에서 노래를 만들고 부르는 윤덕원입니다.

　무대에서 공연을 마치고 나면 가끔 팬들과 이야기 나눌 기회가 생기고는 합니다. 제가 만든 노래에 위로를 받았다거나 노랫말이 가슴에 와닿았다는 관객들의 이야기를 들으면 뿌듯함을 느낍니다. 가끔 어떤 분들은 저에게 가사를 잘 쓰는 비결을 물으십니다. 이런 말을 들으면 조금 쑥스럽기도 하지만 노래를 만드는 창작자 입장에서는 참 기쁩니다. 제가 음악을 만들고 가사를 쓰는 데에는 청소년기에 읽었던 책들이 도움이 된 것 같습니다.

　저는 어린 시절에 유독 책을 좋아했습니다. 봤던 책을 보고, 또 보고 했습니다. 친구 집에 놀러 가거나 어딘가에 갈 때면 종종 그곳에 있는 책을 보는 데 정신이 팔려 있고는 했답니다. 집에 있는 아버지 책들도 막 꺼내다 읽었습니다. 그때만 해도 저는 제가 책을 많이 읽으니 똑똑한 줄 알았습니다. 그런데 그 환상을 깨 버린 일이 있었습니다.

고등학교 시절 교실 뒤에는 학생들이 자유롭게 책을 갖다 읽을 수 있는 작은 학급 문고가 있었습니다. 어느 날 그곳에 있던 에리히 프롬의 『자유로부터의 도피』라는 책을 꺼냈는데 읽어도 읽어도 도무지 무슨 이야기인지 이해할 수가 없었습니다. 그때는 '이건 이 책이 이상한 거야.' 하고 생각했었는데, 대학에 가서 비로소 깨달았어요. '아, 내가 어려운 책을 잘 이해하지 못하는구나.' 하고 말이죠. 대학 교재들이 너무 어려워 이해할 수가 없었기 때문입니다. 그렇게 한때는 점점 책과 멀어지게 되었습니다.

시간이 흘러 노래를 만들면서 가사도 쓰게 되었는데, 노래를 듣는 순간 바로 이해할 수 있게 아주 쉬운 말로 가사를 쓰려고 노력했습니다. 그렇게 쓴 가사들을 좋게 들었다 말씀해 주시는 분들이 생기고 저도 더 열심히 쓰려다 보니까 문득 이런 생각이 들었습니다. '내 수준에 맞는 쉬운 책과 쉬운 글에서 어쩌면 더 많은 것을 얻을 수도 있는데, 그동안 내가 괜히 내 능력보다 어려운 것들을 아는 척하려다 독서의 즐거움을 잊은 것은 아닌가.' 그래서 지금은 독서의 즐거움 그 자체를 느끼기 위해 제가 좋아하고 쉽게 읽을 수 있는 책을 찾아 열심히 읽고 있습니다. 가끔은 참 어려운 책을 만나기도 하는데요, 그럴 때는 굳이 무리해서 읽으려고 하지 않습니다. 꼭 그렇게 하지 않아도 세상에는 좋은 책들이 참 많으니까요.

청소년 여러분!

세상에는 좋은 책이 많습니다. '독서를 해서 훌륭한 사람이 돼야지.', '좋은 책을 많이 읽고 대학에 가서 부모님을 기쁘게 해 드려야지.' 같은 딱딱한 목표를 세우기보다 나를 즐겁게 하는 이야기가 있는 책, 나를 꿈꾸고 상상하게 하는 책, 쉬운 말들로 나를 위로하는 책들을 편하게 읽으면서 독서의 참 즐거움을 충분히 느끼길 권하고 싶습니다.

어린 시절 책을 읽으며 느꼈던 즐거움이 결국 어떤 방식으로든 여러분의 삶을 풍성하게 만들 테니까요. 제가 이렇게 노래를 계속 만들 수 있는 것처럼 말이에요.

윤덕원
가수, 작곡가, 베이시스트. 록 밴드 '브로콜리 너마저'의 보컬이자 베이시스트로 활동 중이다.

# 맛있는 책, 일생의 보약

성석제

사방이 산으로 둘러싸인 곳에서 태어나 아침에 눈을 떠서 저녁에 감을 때까지 늘 산을 보아야 하는 곳에서 중학교 1학년까지를 보내고 2학년 봄, 서울의 남쪽 관악산이 올려다보이는 중학교에 전학을 했다. 담임 선생님은 미술 선생님이셨는데 특별 활동으로 산악반을 맡고 계시기도 했다. 매주 화요일 6교시, 일주일에 단 한 시간 활동하는 그 '특별'한 '활동'은 내 취향과는 아무런 상관없이 시간 내내 산과 학교 사이를 뛰어 오가는 산악반으로 정해졌다.

3학년이 되면서 비로소 내가 좋아하는 특별 활동을 선택할 기회가 왔다. 나는 특별 활동 산악반의 경험에 비추어, 되도록 몸을 많이 움직이지 않는 특별 활동반을 점찍었는데 그게 바로 도서반이었다. 도서반 담당 선생님은 특별 활동의 첫날, 도서반이 할 일에 대해 아주 짧고 쉽게 설명해 주었다.

"여러분 곁에는 책이 있다. 그 책 중에서 자기 마음에 드는 책을 골라서 읽고 수업이 끝나는 종소리가 울리면 가면 된다."

그리고 선생님 본인이 마음에 드는 책을 골라서 자리를 잡고 읽는 것으로 시범을 보여 주셨다. 나는 책을 고르러 가는 아이들의 뒤를 따라가서 한자로 제목이 쓰여 있어서 아이들이 거의 손을 대지 않는 책 가운데 하나를 꺼내 들었다.

그 책은 『한국 고전 문학 전집』 같은 묵직한 제목 아래 편집된 수십 권의 시리즈 가운데 한 권이었다. 반드시 읽어야 한다는 것을 강조하는 고전 대부분이 그렇듯 책 표지는 사람의 손을 거의 거치지 않아서 깨끗했다. 지은이는 박지원, 내가 처음으로 펴 든 대목은 「허생전」이었다.

나이가 두 자리 숫자가 되면서 무협지˚에 빠지기 시작해서 전학 오기 전 국내에서 출간된 대부분의 무협지를 읽었다고 생각하고 있던 내게, 한문 문장을 번역한 예스러운˚ 문체는 별 거부감이 없었다. 오히려 옆자리나 앞자리의 아이들이 읽고 있는 현대 소설이 가볍게 느껴질 정도였다. 내용 역시 익숙했다. 허생이라는 인물은 깊고 고요한 곳에 숨어 있으면서 실력을 쌓은 뒤에, 일단 세상에 나갈 일이 생기자 한바탕 멋지게 세상을 뒤흔들어 놓고서는 다시 제자리로 돌아온다. 무협지에서 흔히 볼 수 있는 방식이었다.

「허생전」 다음에는 「호질」, 「양반전」도 있었다. 책이 꽤 두꺼

˚무협지 무술이 뛰어난 협객 따위의 이야기를 주로 다룬 책.
˚예스럽다 옛것과 같은 맛이나 멋이 있다.

웠으니 박지원의 저작* 가운데 상당 부분이 책에 들어 있었을 것이다. 그런데 그 책 속에 있는 주인공들은 내가 읽었던 수천 권의 무협지의 주인공과는 달라도 많이 달랐다. 무협지를 읽고 나면 주인공 이름 말고는 기억에 남는 게 없는데 박지원 소설은 주인공이 다음에 어떻게 되었을지 궁금하게 하고 내가 주인공이 되었더라면 어떻게 했을지 자꾸만 생각을 하게 만들었다.

한두 번 씹으면 단맛이 다 빠져 버리는 무협지와는 달리 읽을수록 새로운 맛이 우러나왔다. 보석처럼 단단하고 품위 있는 문장은 아름답기까지 했다. 책을 읽으면서 내 정신세계가 무슨 보약을 먹은 듯이 한층 더 넓어지고 수준이 높아지는 듯한 느낌이 들었다. 일주일에 단 한 시간, 도서관에서 단 한 권의 책을 거듭 펴서 읽었을 뿐인데도.

중학교 3학년 1학기 특별 활동 시간에 나는 몇백 년 전 글을 쓴 사람의 숨결이 글을 다리로 하여 내게로 건너와 느껴지는

• 저작 예술이나 학문에 관한 책이나 작품 따위를 지음. 또는 그 책이나 작품.

경험을 처음 해 보았다. 무엇보다 중요한 것은 그것이 무척 재미있었다는 것이다. 읽으면 내 피와 살이 되는 고전, 맛있는 고전, 내가 재미를 들인 최초의 고전이 우리의 조상이 쓴 것이라는 데서 나오는 뿌듯함까지 맛볼 수 있었다.

3학년 2학기가 되었을 때 특별 활동 시간은 없어졌다. 내가 1학기의 특별 활동 시간에 읽은 것은 박지원의 책이 전부였다. 하지만 내가 지금 소설을 쓰고 있는 것은 바로 그 책 때문이라고 생각한다. 특별하지 않은 특별 활동 시간에 읽은 아주 특별한 그 책이 내 일생을 바꾸었다.

누구에게나 그런 일이 일어날 수 있다. 모르고 지나갈 수도 있다. 어떤 책을 계기로 인간의 지극한 정신문화, 그 높고 그 윽한 세계에 닿고 그 일원이 되는 것은 겪어 보지 못한 사람은 알 수 없는 행복을 안겨 준다. 이 세상에 인간으로 나서 인간으로 살면서 인간다운 삶을 살고 드높은 가치를 추구하는 길을 책이 보여 준다. 책은 지구상에서 인간이라는 종(種)만이 알고 있는, 진정한 인간으로 나아가는 통로이다. 그래서 사람들은 말하는지도 모른다. 책 속에 길이 있다고.

---

성석제 1960~

소설가. 연세대학교 법학과를 졸업하고, 1994년 소설집 『그곳에는 어처구니들이 산다』를 펴내면서 소설을 쓰기 시작했다. 지은 책으로 소설집 『황만근은 이렇게 말했다』 『어머님이 들려주시던 노래』, 장편소설 『왕을 찾아서』 『투명인간』, 산문집 『소풍』 『농담하는 카메라』 『칼과 황홀』 『꾸들꾸들 물고기 씨, 어딜 가시나』 등이 있다.

# 실수

나희덕


  옛날 중국의 곽휘원(郭暉遠)이란 사람이 떨어져 살고 있는 아내에게 편지를 보냈는데, 그 편지를 받은 아내의 답시는 이러했다.


    벽사창*에 기대어 당신의 글월을 받으니
    처음부터 끝까지 흰 종이뿐이옵니다.
    아마도 당신께서 이 몸을 그리워하심이
    차라리 말 아니하려는 뜻임을 전하고자 하신 듯하여이다.


  이 답시를 받고 어리둥절해진 곽휘원이 그제야 주위를 둘러보니, 아내에게 쓴 의례적*인 문안 편지는 책상 위에 그대로


• 벽사창 짙푸른 빛깔의 비단을 바른 창.
• 의례적 형식이나 격식만을 갖춘. 또는 그런 것.

있는 게 아닌가. 아마도 그 옆에 있던 흰 종이를 편지인 줄 알고 잘못 넣어 보낸 것인 듯했다. 백지로 된 편지를 전해 받은 아내는 처음엔 무슨 영문인가 싶었지만, 꿈보다 해몽이 좋다고, 자신에 대한 그리움이 말로 다할 수 없음에 대한 고백으로 그 여백을 읽어 내었

다. 남편의 실수가 오히려 아내에게 깊고 그윽한 기쁨을 안겨 준 것이다. 이렇게 실수는 때로 삶을 신선한 충격과 행복한 오해로 이끌곤 한다.

　실수라면 나 역시 일가견°이 있는 사람이다. 언젠가 비구니°들이 사는 암자에서 하룻밤을 묵은 적이 있다. 다음 날 아침 부스스해진 머리를 정돈하려고 하는데, 빗이 마땅히 눈에 띄지 않았다. 원래 여행할 때 빗이나 화장품을 찬찬히 챙겨 가지고 다니는 성격이 아닌 데다 그날은 아예 가방조차 가지고 있지 않았다. 그러던 중에 마침 노스님 한 분이 나오시기에 나는 아무 생각도 없이 이렇게 여쭈었다.

• 일가견 어떤 문제에 대하여 독자적인 경지나 체계를 이룬 견해.
• 비구니 여자 승려.

"스님, 빗 좀 빌릴 수 있을까요?"

스님은 갑자기 당황한 얼굴로 나를 바라보셨다. 그제야 파르라니 깎은 스님의 머리가 유난히 빛을 내며 내 눈에 들어왔다. 나는 거기가 비구니들만 사는 곳이라는 사실을 깜빡 잊고 엉뚱한 주문을 한 것이었다. 본의 아니게 노스님을 놀린 것처럼 되어 버려서 어쩔 줄 모르고 서 있는 나에게, 스님은 웃으시면서 저쪽 구석에 가방이 하나 있을 텐데 그 속에 빗이 있을지 모른다고 하셨다.

방 한구석에 놓인 체크무늬 여행 가방을 찾아 막 열려고 하다 보니 그 가방 위에는 먼지가 소복하게 쌓여 있었다. 적어도 5, 6년은 손을 대지 않은 것처럼 보이는 그 가방은 아마도 누군가 산으로 들어오면서 챙겨 들고 온 속세*의 짐이었음이 틀림없었다. 가방 속에는 과연 허름한 옷가지들과 빗이 한 개 들어 있었다.

나는 그 빗으로 머리를 빗으면서 자꾸만 웃음이 나오는 걸 참을 수가 없었다. 절에서 빗을 찾은 나의 엉뚱함도 우물가에서 숭늉 찾는 격이려니와, 빗이라는 말 한마디에 그토록 당황하고 어리둥절해하던 노스님의 표정이 자꾸 생각나서였다. 그러나 그 순간 나는 보았다. 시간을 거슬러 올라가 검은 머리칼이 있던, 빗을 썼던 그 까마득한 시절을 더듬고 있는 그분의 눈빛을. 20년 또는 30년, 마치 물길을 거슬러 올라가는 연어 떼처

---

* 속세 불가에서 일반 사회를 이르는 말.

럼 참으로 오랜 시간이 그 눈빛 위로 스쳐 지나가는 듯했다.

그 순식간에 이루어진 회상의 끄트머리에는 그리움인지 무상함인지 모를 묘한 미소가 반짝하고 빛났다. 나의 실수 한마디가 산사의 생활에 익숙해져 있던 그분의 잠든 시간을 흔들어 깨운 셈이다. 그걸로 작은 보시*는 한 셈이라고 오히려 스스로를 위로해 보기까지 했다.

이처럼 악의가 섞이지 않은 실수는 봐줄 만한 구석이 있다. 그래서인지 내가 번번이 저지르는 실수는 나를 곤경*에 빠뜨리거나 어떤 관계를 불화로 이끌기보다는 의외의 수확이나 즐거움을 가져다줄 때가 많았다. 겉으로는 비교적 차분하고 꼼꼼해 보이는 인상이어서 나에게 긴장을 하던 상대방도 이내 나의 모자란 구석을 발견하고는 긴장을 푸는 때가 많았다. 또 실수로 인해 웃음을 터뜨리다 보면 어색한 분위기가 가시고 초면에 쉽게 마음을 트게 되기도 했다. 그렇다고 이런 효과 때문에 상습적으로 실수를 반복하는 것은 아니지만, 한번 어디에 정신을 집중하면 나머지 일에 대해서 거의 백지상태가 되는 버릇은 쉽사리 고쳐지지 않는다. 특히 풀리지 않는 글을 붙잡고 있거나 어떤 생각거리에 매달려 있는 동안 내가 생활에서 저지르는 사소한 실수들은 내 스스로도 어처구니가 없을 지경이다.

• 보시 자비심으로 남에게 재물이나 불법을 베풂.
• 곤경 어려운 형편이나 처지.

그러면 실수의 '어처구니없음'은 어디서 오는 것일까. 원래 어처구니란 엄청나게 큰 사람이나 큰 물건을 가리키는 뜻에서 비롯되었는데, 그것이 부정어와 함께 굳어지면서 어이없다는 뜻으로 쓰게 되었다. 크다는 뜻 자체는 약화되고 그것이 크든 작든 우리가 가지고 있는 상상이나 상식을 벗어난 경우를 지칭하게 된 것이다. 그러니 상상에 빠지기 좋아하고 상식으로부터 자유로워지려는 사람에게 어처구니없는 실수가 그림자처럼 따라다니는 것은 아주 자연스러운 일이다.

　결국 실수는 삶과 정신의 여백에 해당한다. 그 여백마저 없다면 이 각박한 세상에서 어떻게 숨을 돌리며 살 수 있겠는가. 그리고 발 빠르게 돌아가는 세상에 어떻게 휩쓸려 가지 않고 남아 있을 수 있겠는가. 어쩌면 사람을 키우는 것은 능력이 아니라 실수의 힘일지도 모른다.

　그러나 날이 갈수록 실수가 용납되는 땅은 점점 좁아지고 있다. 사소한 실수조차 짜증과 비난의 대상이 되기가 십상이다. 남의 실수를 웃으면서 눈감아 주거나 그 실수가 나오는 내면의 풍경을 헤아려 주는 사람을 만나기도 어려워져 간다. 나 역시 스스로는 수많은 실수를 저지르고 살면서도 다른 사람의 실수에 대해서는 조급하게 굴거나 너그럽게 받아 주지 못한 때가 적지 않았던 것 같다.

　도대체 정신을 어디에 두고 사느냐는 말을 들을 때면 그 말에 무안해져 눈물이 핑 돌기도 하지만, 내 속의 어처구니는 머리를 디밀고 이렇게 소리치는 것이다. 정신과 마음은 내려놓고 살아야 한다고. 어디로 가는 줄도 모르고 뛰어가는 자신을 하루에도 몇 번씩 세워 두고 '우두커니' 있는 시간, 그 '우두커니' 속에 사는 '어처구니'를 많이 만들어 내면서 살아야 한다고. 바로 그 실수가 곽휘원의 아내로 하여금 백지의 편지를 꽉 찬 그리움으로 읽어 내도록 했으며, 산사의 노스님으로 하여금 기억의 어둠 속에서 빗 하나를 건져 내도록 해 주었다고 말이다.

───────────────────────────────

나희덕 1966~
시인. 연세대학교 국문학과를 졸업하고, 1989년 중앙일보 신춘문예에 시가 당선되어 등단했다.
지은 책으로 시집 『뿌리에게』 『그 말이 잎을 물들였다』 『그곳이 멀지 않다』 『어두워진다는 것』 『사라진 손바닥』 『야생사과』 『말들이 돌아오는 시간』, 산문집 『반통의 물』 『저 불빛들을 기억해』 『한 걸음씩 걸어서 거기 도착하려네』 등이 있다.

# 세상의 모든 어버이들께[*]

세번 컬리스 스즈키 (류지이 옮김)


안녕하세요. 제 이름은 세번 컬리스 스즈키입니다. 저는 어린이 환경 보호 단체 에코(E.C.O. The Environmental Children's Organization)를 대표해서 이 자리에 섰습니다. 에코는 열두 살에서 열세 살 난 캐나다 어린이들이 세상을 변화시키기 위해 만든 모임으로, 바네사 서티, 모건 가이슬러, 미셸 퀴그 그리고 제가 회원입니다. 저희는 여기 계신 어른들에게 변화를 시도해야 한다는 말을 전하기 위해 여행에 필요한 경비를 저희 스스로 모금해 6천 마일을 날아왔답니다. 다른 의도는 없습니다. 저는 미래를 위해 싸우고 있을 뿐이에요.

제 미래를 잃는 것은 선거에서 지거나 주식 시장에서 돈을 잃는 것과는 다릅니다. 저는 미래의 모든 세대를 위해 이 자리

---

[*] 이 글은 1992년 브라질 리우에서 열린 유엔 환경 회의에서 열두 살의 캐나다 여학생이 한 연설문이다. 원제목이 없어서 '세상의 모든 어버이들께'라고 붙였다.

에 섰습니다. 저는 지구 전역의 굶주리는 아이들을 위해 이 자리에 섰습니다. 지구별에서 죽어 가는 수많은 동물들을 위해 이 자리에 섰습니다. 우리는 더 이상 말하지 않은 채 그냥 있을 수 없게 되었거든요.

저는 오존층*에 난 구멍 때문에 햇볕에 나가기 두렵습니다. 공기 중에 어떤 화학 성분이 섞여 있을지 몰라 숨 쉬기도 두려워요. 저는 아빠와 함께 제 고향 밴쿠버에서 낚시를 즐기곤 했습니다. 바로 몇 해 전 암에 걸린 물고기들을 발견하기 전까지는 말이에요. 우리는 이제 날마다 멸종해 가는 동식물에 관한 소식을 듣습니다. 영원히 사라져 버리는 것이죠.

저는 지금껏 야생 동물 무리와 새와 나비들로 가득 찬 정글과 열대 우림*을 꿈꿔 왔습니다. 그렇지만 나중에 제가 엄마가 되었을 때 과연 그런 것들이 세상에 존재할지, 제 아이들이 그런 것들을 볼 수 있을지 모르겠어요.

여러분들이 제 또래였을 때 이런 소소한* 것들에 대해 걱정하셔야 했던가요? 이 모든 일들이 우리 눈앞에서 실제로 벌어지고 있는데도 우리는 마치 충분한 시간과 해결책을 가지고 있는 것처럼 행동하고 있습니다.

---

• 오존층 지상에서 20~25km의 상공이며 인체나 생물에 해로운 태양의 자외선을 잘 흡수하는 성질이 있는 대기층.
• 열대 우림 1년 내내 기온이 높고 비가 많은 적도 부근의 열대 지방에서 발달하는 삼림. 상록 활엽수가 중심을 이루고 덩굴 식물, 수상 착생 식물이 많으며, 풍부한 식물의 무리와 복잡한 구조를 가지고 있다.
• 소소하다 작고 대수롭지 아니하다.

저는 아직 어린아이에 불과하고, 해결책을 갖고 있지도 않습니다. 여러분 어른들도 마찬가지라는 사실을 알아 주시기 바랍니다. 여러분은 오존층에 난 구멍을 어떻게 고칠 수 있는지 모릅니다. 여러분은 죽어 버린 강으로 연어를 돌아오게 하는 방법도 알지 못합니다. 여러분은 이미 멸종해 버린 동물을 어떻게 되살릴 수 있는지 모릅니다. 그리고 사막이 되어 버린 숲을 어떻게 되살릴 수 있을지도 모릅니다. 여러분이 해결책을 알지 못한다면, 제발 그만 망가뜨리세요.

여러분들은 정부의 대표로서, 기업가로서, 조직의 대표로서, 기자 혹은 정치가로서 이 자리에 오셨겠죠. 그렇지만 여러분은 어머니와 아버지, 형제와 자매, 이모와 삼촌이기도 합니다. 그리고 여러분 모두 누군가의 자식입니다.

저는 어린아이에 불과하지만 우리가 50억 명에 달하는 대가족의 구성원이라는 사실, 실은 3천만 종으로 구성된 가족의 일부라는 것을 알고 있습니다. 국경과 정부도 결코 그 사실을 바꿀 수는 없습니다.

저는 아직 어리지만 우리가 모두 하나이며 단 하나의 목표를 향해 다 같이 행동해야 한다는 사실을 알고 있습니다. 저는 화가 났지만 그렇다고 분별력*을 잃은 건 아닙니다. 두려워하고 있긴 하지만 제가 어떻게 느끼는지 세상에 말하는 것을 주저하지는 않습니다.

우리나라 사람들은 너무 많은 쓰레기를 만들어 냅니다. 무언가를 사고 버리고, 사고 버리고, 사고 버리고 하면서 말이지요. 그러면서도 지구 북반부의 잘사는 나라 사람들은 가난한 이들과 나누려 하지 않습니다. 우리는 필요한 것보다 더 많이 가지고 있으면서도 우리가 가진 것을 잃을까 봐 나누어 갖기를 두려워합니다.

캐나다에 사는 우리는 충분한 음식과 물과 쉼터와 같은 특권을 누리고 있습니다. 우리한테는 시계도 있고, 자전거도 있고, 컴퓨터와 텔레비전도 있습니다. 우리가 누리는 것들을 다 열거하자면 며칠이 걸릴 거예요.

저는 이틀 전 이곳 브라질에서 거리에 사는 몇몇 아이들과 시간을 보내는 동안 큰 충격을 받았습니다. 한 아이가 저희에

* 분별력 세상 물정에 대하여 옳고 그른 것을 판단하는 능력.

게 이런 얘기를 했습니다.

"내가 부자라면 참 좋겠어. 내가 부자라면, 거리의 모든 아이들한테 먹을 것과 옷, 약, 집 그리고 사랑과 애정을 줄 거야."

가진 게 아무것도 없는 거리의 아이도 기꺼이 나누겠다고 말하는데, 우리는 모든 걸 다 누리고 있으면서도 어째서 그렇게 탐욕스러운 걸까요? 저는 이 아이들이 제 또래라는 사실을 잊을 수 없습니다. 어디에서 태어났는지가 그토록 엄청난 차이를 만들어 냈고, 어쩌면 제가 이곳 리우의 빈민가에 살고 있는 저 아이들 중 하나일 수도 있었다는 생각을 멈출 수가 없습니다. 저는 소말리아의 굶주린 아이일 수도 있었고, 중동의 전쟁 희생자 또는 인도의 거지일 수도 있었습니다.

저는 어린아이에 불과하지만 전쟁에 쓰이는 돈이 전 세계의 빈곤 문제와 환경 문제를 해결하는 데 쓰인다면 우리가 살고 있는 이 지구가 얼마나 멋진 곳으로 바뀔지 알고 있습니다.

학교에서, 심지어는 유치원 때부터 어른들은 우리들에게 어떻게 행동해야 하는지 가르칩니다. 다른 사람과 싸우지 말고, 맡은 일을 잘하고, 타인을 존중하며, 정리 정돈을 잘하고, 다른 생물들을 해치지 말고, 남들과 나누며 살아야 한다고 가르치죠. 그런데 어째서 어른들은 우리에게 하지 말라고 가르쳤던 그런 행동들을 하는 건가요?

여러분이 이 회의에 참석하고 계신 이유를 잊지 마세요. 누구를 위해서 여기에 계신 건지 잊지 마세요. 저희는 바로 여러분의 아이들입니다. 여러분은 우리 어린이들이 어떤 세계에서 자라나게 될지 결정하고 계신 겁니다. 부모님들은 "모든 일이 잘될 거야. 세상에 종말은 오지 않는단다. 우리가 최선을 다하고 있거든." 하면서 자녀들을 안심시킬 수 있어야 합니다.

그러나 여러분은 저희에게 그런 말을 더 이상 하실 수 없을 것 같아요. 우리 어린이들이 여러분의 우선순위에 있기는 한가요? 저희 아빠는 항상 "너의 말이 아니라 너의 행동이 진짜 너를 만든다."라고 말하십니다.

글쎄요. 여러분 어른들은 우리들을 사랑한다고 말하지만, 여러분의 행동은 저를 밤마다 눈물짓게 만드네요. 저는 어른들에게 호소합니다. 제발 여러분이 말한 대로 행동하시기를 바랍니다. 들어 주셔서 감사합니다.

---

세번 컬리스 스즈키 Severn Cullis-Suzuki, 1979~
환경운동가. 일본계 캐나다인. 캐나다 밴쿠버에서 나고 자랐다.

# 보잘것없는 나무들이 아름다운 이유

우종영


가끔씩 까닭 없이 우울해질 때가 있다. 내가 하는 일이 아무 의미가 없는 것처럼 느껴지고 결국에는 만사가 귀찮아진다. 그렇게 무기력한 기분이 들 때마다 나는 남대문 야시장에 간다.

좌판을 벌여 놓고 구성진 목소리로 손님을 부르는 사람, 보따리를 등에 지고 구경꾼들 사이를 요리조리 피해 지나가는 사람, 나물 천 원어치 사면서 10분 넘게 입씨름하는 사람…… 아무리 잡아당겨도 찢어지지 않는 질긴 고무장갑 같은 그들의 모습을 보고 있노라면 나도 모르게 막 신이 난다. 그리고 물고기처럼 파닥파닥 살아 숨 쉬는 그들에게서 살아갈 힘을 얻는다. 마치 갈증 나는 한여름에 시원한 음료를 들이켠 기분이라고 할까.

삶의 갈증을 풀고 시장을 나서는 순간, 문득 내 머릿속을 스치는 나무 하나가 있다. 제주도 한라산에서 주로 자라는 '시로미'라는 작은 야생 나무이다.

얼마 전 한라산에 오른 적이 있다. 훼손되지 않은 자연 상태의 나무들을 보고 싶어 일부러 사람들이 잘 다니지 않는 길을 택했다. 거기서 발견한 것이 시로미이다. 해발 1,500미터 이상의 고지대에서만 자라는 시로미는 주로 제주도 고산 지역에서 발견되는 회귀한 나무이다. 한 뼘 정도밖에 안 되는 키에 열매마저 작아 여간해선 눈에 띄지 않는다. 하지만 그 작고 보잘것없는 나무의 위력은 대단하다.

시로미를 처음 발견했을 때, 마침 무척 목이 말랐다. 물통의 물도 다 떨어지고 입안이 바짝 마르던 차에 나는 시로미의 검붉은 열매를 한 움큼 따서 입안에 털어 넣었다. 시큼털털한 첫맛에 얼굴이 찡그려졌지만 이내 단 기운이 가득히 퍼지면서 입안 구석구석을 적셨다. 콩알보다 작은 열매에 어떻게 그런 물기가 담겨 있는지, 그 작은 열매 한 줌 먹은 것이 꼭 약수 몇 사발을 들이켠 기분이었다. 그러고 나서 백록담에 오르는데 거짓말처럼 전혀 목이 마르지 않았다. 건조하고 메마른 한라산 고지대에서 시로미는 어떻게 그런 실한 열매를 맺을 수 있었을까.

시로미처럼 보잘것없어 보이지만 제 존재 가치를 분명히 지니는 나무는 생각 외로 우리 주변에 많다. 공원이나 건물 가에서 흔히 볼 수 있는 키 작은 관목*들만 봐도 그렇다. 숲이 생길 때 가장 중심부에서 그 틀을 잡아 주는 관목들은 어느 정도 숲

---

* 관목 키가 작고 원줄기와 가지의 구별이 분명하지 않으며 밑동에서 가지를 많이 치는 나무.

이 완성되면 키 큰 나무들에게 자리를 내주고 언저리, 즉 숲의 주변부로 밀려난다. 키가 큰 교목*들 틈에선 살아날 수가 없기 때문이다.

그러나 언저리에 자리 잡은 관목들은 숲 주변부로 자기들을 밀어낸 교목들을 보호해 준다. 이 볼품없는 관목들이 자연재해에 맞서며 숲 전체를 지켜 나가는 것이다. 이 덕분에 숲은 보다 다양한 종이 어우러져 건강한 모습을 이뤄 간다.

어디 그뿐인가. 불모지*가 된 땅을 다시 푸르게 만드는 것 역시 보잘것없는 작은 나무와 풀들이다. 아무런 생명도 없던 메마른 땅에 평상시에 외면만 당하던 풀들이 들어와 개척자 역할을 한다. 이들은 불모지에 가장 먼저 들어와 지반을 안정시키고 다른 나무들이 살아갈 윤택한 토양을 만들어 낸다. 흔히 잡풀 취급을 하는 쑥이나 억새, 고사리가 바로 이런 '개척 식물'들이다.

산불로 폐허가 된 땅의 첫 방문자 역시 마찬가지이다. 길이도 짧고 몸통도 얇아 기껏해야 울타리나 빗자루 정도로밖에 사용되지 못하는 싸리나무는 불난 자리를 녹화하는* 주역이다. 사람들에게 많이 알려져 있지만 그렇다고 결코 대접받는 축에 끼지 못하는 고사리 역시 싸리나무와 비슷하다. 거친 들에서 흔히 볼 수 있는 고사리는 타고난 씩씩함으로 잿더미 속

---

• 교목 줄기가 곧고 굵으며 높이가 8미터를 넘는 나무.
• 불모지 식물이 자라지 못하는 거칠고 메마른 땅.
• 녹화하다 산이나 들 따위에 나무나 화초를 심어 푸르게 하다.

에서 가장 먼저 자리를 잡고 싹을 틔운다.

초석*을 다진 후 다른 나무들이 하나둘 자리 잡으면, 관목들이 그랬듯 이들도 조용히 자기 자리를 내준다. 이 덕분에 예전의 그 불모지는 언제 그랬냐는 듯 짙은 녹색 숲으로 복구된다.

그러나 안타깝게도 숲의 사회에서 그들에게 돌아오는 것은

• 초석 어떤 사물의 기초를 비유적으로 이르는 말.

많지 않다. 누군가 그 역할을 알아주는 것도 아니다. 그럼에도 그들은 나무 세계에서 맡은 바 임무를 다 해낸다. 그저 묵묵하게.

하지만 그들은 알고 있다. 자신들이 비록 보잘것없지만, 나무 세계에서 없어서는 안 될 중요한 존재라는 사실을. 그런 그들을 통해 나는 이 세상에 소중하지 않은 삶은 없다는 진리를 새삼 깨닫곤 한다.

그래서일까. 나는 하늘 높이 위로만 자라면서 어떻게든 햇볕을 많이 받으려고 혈안이 된* 거대한 교목들보다 보잘것없는 나무들이 훨씬 더 값지고 아름답게 느껴진다.

"못생긴 나무가 산을 지킨다."라는 말은 비단 나무 사회에만 통용되는* 말은 아닐 것이다. 세상 모든 것은 저마다 가치를 지니고 있다. 하루살이 같은 삶, 내일이 보이지 않는 삶이라 하더라도 분명 살아가는 이유가 있고, 가치가 있는 것이다. 그러므로 그 가치를 알고 묵묵히 제 역할을 해낼 때, 결국 그것이 자기를 지키고 세상을 지키는 길이 된다.

그 사실을 분명히 알고 있는 나무들은 자기 자리에서 행복을 찾는 방법을 너무도 잘 알고 있다. 남과 비교하여 스스로를 평가하고 자리매김하는 것이 아니라, 오로지 자기의 삶 하나만을 두고 거기에만 충실하다. 그리고 그 속에서 생의 의미를 얻

---

• 혈안이 되다 어떠한 일에 광분하다.
• 통용되다 일반적으로 두루 쓰이다.

고 삶을 영위할* 힘을 받는다.

그런 나무를 보며 나도 내 삶이 너무나도 소중하다는 걸 새삼 깨닫고는 한다. 비록 남들이 보기엔 하찮고 평범한 삶일지라도 말이다. 앞으로도 나는 그 누구의 삶도 시샘하지 않으며, 남들이 내 삶을 어떻게 생각하든 관여치 않으련다. 내가 스스로 가치 있다고 여기면 그것으로 족하지 않은가. 내 삶에 점수를 매길 수 있는 사람은 나 자신뿐이라는 것을 늘 기억하며 살아갈 것이다.

---

• 영위하다 **일을 꾸려 나가다.**

우종영 1954~
나무 의사. '푸른 공간'이라는 나무 관리 회사를 만들고 아픈 나무를 고치는 의사로 일해 왔다. 지은 책으로 『나는 나무처럼 살고 싶다』『풀코스 나무 여행』『나무야, 나무야 왜 슬프니』『게으른 산행』『나무 의사 큰손 할아버지』 등이 있다.

# 지렁이 울음소리를 들을 수 있는 세상

김선우

    지렁이 울음소리를 들어 본 적 있나요? 목숨 있는 것들은 다 울지요. 심지어 기뻐서 눈물이 터질 때도 있지요. 누군가 자신의 고민과 상처를 이야기하다 울음을 터뜨렸다면, 그 사람은 괜찮은 거예요. 운다는 건 상처를 극복할 힘이 있다는 거지요. 유마*의 말을 빌려야겠네요. 세상이 죄다 병들었는데 나만 희희낙락할* 수는 없는 거라고요. 다 아픈데 나만 안 아플 수는 없는 겁니다. 목숨이 있는 존재란 누군가에 기대어 존재하게 되어 있으니까요. 그러니 울음은 웃음만큼이나 소중한 겁니다. 울음은 자기를 비워 내는 강력한 몸의 말이지요.

    유기농 퇴비를 만드는 곳에 간 적이 있습니다. 지렁이 울음소리를 듣고 싶었기 때문이지요. 비닐하우스 가득 놓인 항아리들 속에서 지렁이들이 퇴비를 만들고 있었지요. 발소리를

---

• 유마 석가의 제자.
• 희희낙락하다 매우 기쁘고 즐거워하다.

죽이고 귀를 세워 보았습니다. 청각이 예민한 지렁이들이 인기척*을 알아채고 조용해지기 전까지, 눈 깜짝할 사이나마 지렁이 울음소리를 듣는 바로 그 순간, 농부는 자신이 우주를 여행하는 여행자라는 생각이 든다고 합니다.

　여리지만 분명한 울음소리 혹은 노랫소리. 모두 잠든 밤 조용히 땅 위로 나와 달빛을 즐기는 지렁이를 상상해 보세요. 세상에서 단 한 순간도 다른 생명을 착취해* 본 적 없는 지렁이. 참, "지렁이도 밟으면 꿈틀한다."라는 속담이 있지요. 이런! 지렁이는 안 밟아도 꿈틀합니다. 꿈틀하는 역동*이 생명의 본질이니까요. 밟아야만 꿈틀한다고 착각하지 마세요. 지렁이들의 울음소리를 들을 수 있는 세상이어야 합니다.

---

• 인기척 사람이 있음을 알 수 있게 하는 소리나 기색.
• 착취하다 부당하게 빼앗다.
• 역동 힘차고 활발하게 움직임.

---

김선우 1970~
시인. 강원대학교 국어교육학과를 졸업하고 1996년 『창작과비평』을 통해 등단했다. 지은 책으로 시집 『내 혀가 입 속에 갇혀 있길 거부한다면』 『도화 아래 잠들다』 『내 몸속에 잠든 이 누구신가』 『나의 무한한 혁명에게』 『녹턴』, 산문집 『물 밑에 달이 열릴 때』 『김선우의 사물들』 『우리말고 또 누가 이 밥그릇에 누웠을까』 『부상당한 천사에게』 등이 있다.

# 흙을 밟고 싶다

문정희

동네 꼬마들이 흙장난을 하고 있다. 그것도 흙냄새가 향기로운 아파트 정원에 앉아서.

'출입 금지'라는 팻말에도 아랑곳없이 흙 위에 풀썩 주저앉아 노는 모습이, 좋은 놀이터라도 발견한 듯 신이 난 표정이다.

화단에 들어가지 말라고 주의를 주어야 함에도 불구하고, 나는 동심으로 돌아가 모르는 척 그들의 노는 모습을 망연자실\* 지켜보고 있다. 아파트 내에서 그나마 흙냄새 나는 곳이 있다는 게 다행이란 생각이 들었기 때문이다.

곱슬머리 남자아이가 운동화를 벗더니 신발 가득 흙을 담기 시작했다. 짐 실은 트럭을 만들기 위한 것이라고 한다. 이에 뒤질세라 그중 가장 나이가 어려 보이는 여자아이는 무엇을 하려는지 흙을 산더미처럼 쌓기 시작했다.

---

• 망연자실 멍하니 정신을 잃음.

흙을 갖고 온갖 놀이를 구상하는 모습이 어찌나 진지해 보이는지, 군데군데 나무와 화초가 심어진 정원이 그들의 천국인 양 평온하기가 이를 데 없다.

한데 그것도 잠시뿐이었다. 아이를 찾던 곱슬머리 소년의 엄마가 헐레벌떡 달려오더니 다짜고짜 아이를 야단치기 시작했다. 놀이터를 놔두고 왜 하필 더러운 흙을 만지며 노느냐는 것이다. 트럭을 만들려고 흙을 담아 놓은 운동화를 보자 아이 엄마의 얼굴은 더 일그러졌다. 새 신발에 흙을 묻혀 놓아 짜증스럽다는 표정이다.

"내버려 두세요, 흙 놀이도 자연을 알게 하는 산 공부인데."라는 말이 목구멍까지 올라왔지만 차마 입이 떨어지지 않았다. 아이의 옷에 흙 묻히는 걸 싫어하는데 불난 집에 부채질하는 격이 될 것 같아서였다.

흙을 가득 실은 '운동화 트럭'을 운전해 보지도 못한 채 엄마 손에 이끌려 가는 아이의 모습이 안타까웠다. 흙 내음을 맡으며 모처럼 도시의 딱딱함으로부터 해방된 것만 같은 기분을 그 아이들은 느꼈을 터였다.

기성세대*의 고집이 아이들의 감성을 짓누른다 생각하니 왠지 씁쓸한 생각이 들었다. 물론 아파트에 놀이터가 한두 군데 있기는 하지만 모두 모래여서 부드럽고 촉촉한 흙의 감촉에는 비할 바가 못 된다. 온통 시멘트 바닥에다 빼곡빼곡 붙어 있는

---

* 기성세대 현재 사회를 이끌어 가는 나이가 든 세대.

빌딩 숲에서 어찌 생명의 경이로움을 가슴으로 느낄 수 있으랴. 신기한 장난감도 오래 가지고 놀면 흥미를 잃기 마련인데, 온갖 놀이 기구가 풍성해도 풀 한 포기 자라지 않는 아파트 놀이터에 싫증을 느꼈는지도 모른다.

나도 어렸을 적 흙 놀이를 즐겼었다. 학교 이동이 잦았던 아버지께서 외지˚로 발령이 나자, 어머니는 나를 사랑채에 사시는 증조할머니와 기거토록 하였다. 비행기나 차를 타는 일에 정도 이상으로 공포증을 갖고 있었던 나는 아버지 부임지로 함께 떠난다는 것은 생각할 수도 없었다. 지나가는 오토바이만 보아도 무슨 괴물을 보듯 무서워서 도망치곤 했을 만큼, 문명의 이기˚에 적응을 못 했기에 할머니와 지내는 것을 편하게 생각했는지도 모른다. 교육열이 대단하셨던 증조할머니도 어머니 못지않게 자상한 성품이어서 부모님께서도 안심이 되셨던 것 같다.

신기한 놀이 시설도, 특별한 장난감도 없었지만 나는 할머니와 지내는 게 신이 났다. 촉촉한 흙냄새가 나는 마당에 앉아 손으로 흙을 주무르며 놀아도 야단치는 일이 없었기 때문이다.

그래서 흙이 질펀한 마당은 언제나 내 놀이터였다. 길에서 민들레를 뽑다 흙을 일구어 심기도 하고, 신발에 흙을 담아 할머니 채마밭˚ 고랑에 뿌리기도 하였다. 주위가 어둑해질 때

---

• 외지 자기가 사는 곳 밖의 다른 고장.
• 문명의 이기 현대 기술 문명에 의해 만들어진 편리한 생활 수단이나 기구.
• 채마밭 채마를 심어 가꾸는 밭. '채마'는 먹을거리나 입을 거리로 심어서 가꾸는 식물을 말한다.

까지 흙장난에 지칠 줄 모르는 나를 보고도 증조할머니는 웬일인지 화를 내지 않으셨다. 흙강아지가 되도록 실컷 놀라고 하실 뿐이었다.

생명을 키워 내는 흙의 신비로움과 풍요를 온몸으로 느끼게 해 주고 싶어서일까. 흙을 만지다 나뭇가지에 찔려 피가 흘러도 할머니는 그다지 놀라지 않으셨다. 할머니 손은 약손이라며 흙 한 줌 손으로 집어 상처 난 부위에 훌훌 뿌리는 것으로 치료를 대신하곤 했다. 사람은 흙으로 빚어졌으니 상처도 흙을 바르면 낫는다는 것이었다.

할머니의 흙 치료가 비위생적으로 보여 앙탈*을 부리곤 했지

* 앙탈 생떼를 쓰고 고집을 부리거나 불평을 늘어놓는 짓. 시키는 말을 듣지 아니하고 꾀를 부리거나 피하여 벗어나는 짓.

만 할머니는 흙의 영험*을 확신하고 계시는 것 같아 거부할 수도 없었다. 집안의 평안을 기원하는 제(祭)*의 일종인 토신제(土神祭)*를 지낼 때도 증조할머니는 흙 한 줌을 그릇에 담아 뒤뜰에 뿌리곤 했었다.

아무런 조건도 없이 오랜 세월을 베풀어 주기만 한 땅, 조상이 물려준 토지에 집을 짓고 편안히 사는 게 모두 땅의 은덕*이라 생각하신 듯싶었다. 발을 딛고 다니는 땅이야말로 살 속에 깃든 영혼이고 모든 생명의 고향이라 생각한 것이다.

하지만 요즘은 땅을 밟고 산다는 게 하나의 사치처럼 되어가는 느낌이다. 하늘과 가까운 고층 아파트에 살다 보니 흙을 가까이할 기회가 적어진 것이다. 가끔 이러다가는 하늘의 공간에서 영영 땅으로 내려오지 못하는 건 아닐까 하는 생각이 들기도 한다. 손바닥만 한 마당이라도 있는 주택으로 주거지를 옮기겠다고 입버릇처럼 말하면서도 결국 아파트의 편리함에 젖어 다시 주저앉게 되니 말이다.

그래서인지 근래 들어선 마음까지도 시멘트 벽을 닮아 가고 있는 것 같다. 5년 동안 한 아파트 통로에 사는 아주머니와는 엘리베이터에서 만나도 가벼운 목례를 하는 것 정도가 고작이고 서로 왕래해 본 일이 없다. 가까운 이웃이 없다면 훈훈한

• 영험 영검. 사람의 기원대로 되는 신기한 징조를 경험함.
• 제 제사.
• 토신제 '동신제'를 달리 일컫는 말. 마을 사람들이 마을을 지켜 주는 신인 동신(洞神)에게 공동으로 지내는 제사.
• 은덕 은혜로운 덕.

정도 느끼지 못할 텐데 철저하게 혼자 사는 생활에 익숙해져 가고 있다.

　지구의 절반 이상이 흐르는 물로 덮여 있음에도 수구(水球)라 하지 않고 지구(地球)라 칭한 것도 흙이 생명의 모태*이기 때문이 아닐까. 땅과 멀어질수록 병원을 가까이한다는 말이 있듯이 무디어진 심성을 깨우치는 건 자연과 가까이하는 일이지 않나 싶다.

* 모태 사물의 발생 · 발전의 근거가 되는 토대를 비유적으로 이르는 말.

문정희 文丁姬
수필가. 『한국 수필』로 등단했다. 지은 책으로 수필집 『누구나 떠나 사는 사람들이련만』 『바라보는 것만으로도 난 행복하다』 등이 있다.

# 우린 열대어입니다

김상윤

제가 오늘 여러분들에게 소개해 드릴 것은 다양한 매력이 있는 열대어입니다. 기대되지 않나요? 저는 열대어를 키우는데요, 저의 어항에는 백여 마리의 많은 열대어들이 각각의 개성을 가지고 살고 있습니다.

제가 열대어를 키워 본 결과 열대어의 특징은 세 가지로 들수 있는데요, 첫 번째로 열대어는 굉장히 약합니다. 그래서 수온이나 산도가 갑자기 높아지면 죽을 수도 있습니다. 두 번째로는 진화를 합니다. 코리도라스라는 열대어는 여느 물고기처럼 아가미로 호흡하지만 창자를 통한 장 호흡이 가능하게 진화해서 모세 혈관을 통해 대기 중의 산소를 흡수하기도 합니다. 세 번째 특징은 혼자 있으면 안 된다는 것입니다. 네온테트라라는 열대어는 무리 지어 헤엄치는 물고기인데, 한 마리만 키우면 먹이도 안 먹고 움직이지도 않고 잠도 안 자며 굉장히 불안에 떨다가 3~4일 후면 죽고 맙니다.

그런데 제가 소개한 열대어들의 특징에서 무언가 느껴지시지 않았나요? 제가 2년 동안 열대어를 키우면서 생각한 것은 이 열대어들의 특징이 저나 제 친구들의 특징과 굉장히 비슷하다는 점입니다. 약하고, 진화하고, 혼자 두면 안 되고.

청소년들은 열대어입니다. 저희는 약해서 잘 보살펴 주어야 해요. 차가운 수온이 열대어를 죽게 만들 수도 있듯이 어른들의 차가운 시선은 우리의 마음을 얼어붙게 하고, 차가운 말들은 우리를 아프게 만듭니다. 우리는 매일 진화하고, 혼자 있으면 외로워집니다. 방황하는 청소년, 무기력한 청소년들은 사회의 시선, 사회가 자신에게 대하는 태도에 따라 점점 변하고 있는 것입니다.

제 이야기를 듣는 분들께서 한 가지 약속을 해 주셨으면 좋겠습니다. 여러분들의 사랑하는 열대어들에게 사랑하는 말투,

사랑하는 마음으로 다가가 주세요. 그러면 열대어들은 자신의
예쁜 원래 색을 찾고 원래의 자신으로 돌아갈 겁니다. 제 이야
기를 들어 주셔서 감사합니다.

김상윤
학생.

# 열보다 큰 아홉

이문구

오늘은 아홉과 열이라는 수가 지니고 있는 뜻에 대해서 생각해 보기로 합시다.

잘 아시다시피 열은 십·백·천·만·억 등의 십진급수[*]에서 제일 먼저 꽉 찬 수입니다. 그러므로 이 열에 얼마를 더 보태거나 빼거나 한다면 그것은 이미 열이 아닌 다른 수가 됩니다.

무엇을 하기에 그 이상 좋을 수가 없이 알맞은 경우에 '십상좋다.'고 말하는 십상도, 열 십(十) 자와 이룰 성(成) 자에서 나온 말입니다. 그만큼 열이란 수는 이미 이룰 것을 이룩한 완전한 수이며, 성공을 한 수인 것입니다.

그러면 아홉이란 수는 어떤 수입니까? 두말할 필요도 없이 열보다 하나가 모자라는 수입니다. 다시 말하면, 완전에 거의

---

[*] 십진급수 십진법으로 얻은 여러 가지의 단위에 붙는 이름. 십, 백, 천, 만, 억, 또는 할, 푼, 리, 모 따위가 있다.

다다른 수, 거기에 하나만 보태면 완전에 이르게 되는 수, 그래서 매우 아쉬움을 느끼게 하는 수인 것입니다.

그러면 아홉은 정녕 열보다 적거나 작은 수일까요? 그렇지 않습니다. 예를 들어 보겠습니다.

끝없이 높고 너른 하늘을 십만 리 장천이라고 하지 않고 구만리장천이라고 합니다. 젊은이더러 앞이 구만리 같은 사람이라고 하는 말과 같은 뜻이지요.

굽이굽이 한없이 서린 마음을 구곡간장이라고 하고, 굽이굽이 에워 도는 산굽이가 얼마인지 모르는 길을 구절양장이라고 하고, 통과해야 할 문이 몇이나 되는지 모르는 왕실을 구중궁궐이라고 하고, 죽을 고비를 수도 없이 넘기고 살아난 것을 구사일생이라고 표현하고 있습니다.

또 있습니다. 끝 간 데가 어디인지 모르는 땅속이나 저승을 구천(九泉)*이라고 하고 임금보다 한 계급 모자라는 대신인 삼공육경*을 구경이라고 합니다. 문화재로 남아 있는 탑들을 보면, 구층 탑은 부지기수*로 많아도 십층 탑은 아직 보지 못하였습니다.

동양에서는, 그중에서도 특히 우리나라에서는, 오랜 옛날부터 열보다 아홉을 더 사랑했습니다. 얼마나 사랑했으면 아홉

---

• 구천 땅속 깊은 밑바닥이란 뜻으로, 죽은 뒤에 넋이 돌아가는 곳을 이르는 말.
• 삼공육경 조선 시대에, 삼정승과 육조 판서를 통틀어 이르던 말.
• 부지기수 헤아릴 수 없을 만큼 많음. 또는 그렇게 많은 수효.

구 자가 두 번 든 음력 구월 구일을 중양절*이니, 중굿날이니 하는 이름으로 부르면서, 천 년이 넘도록 큰 명절로 정하고 쇠어 왔겠습니까.

우리의 조상들이 열보다 아홉을 더 사랑한 것은 무슨 까닭이었을까요? 간단히 말해서 모든 일에 완벽함을 기대하지 않았다는 뜻이 아니었을까요? 다시 말하면, 이 세상에 완전한 것은 없다는 사실을, 우리의 선조들은 아주 오랜 옛날부터 익히 알고 있었다는 것입니다.

우리가 흔히 듣는 말에 "모든 기록은 깨어지기 위해서 있다."라는 말이 있습니다. 이 말이 맞지 않는 말이라면, 여러분이 아시다시피 세계 제일의 기록만을 수록하는 『기네스북』도 해마다 다시 찍어 내야 할 이유가 없겠지요.

모든 기록이 반드시 깨어지기 마련인 것은, 그 기록을 이룩한 것이 인간이기 때문이라고 생각합니다. 인간은 저마다 무한한 가능성을 타고난 사실과 아울러서, 이 세상에 완전한 인간은 결코 어디에도 있을 수가 없다는 사실 또한 그 스스로가 증명해 주는 존재이기도 합니다.

열이란 수가 넘치지도 않고 모자라지도 않고, 또 조금도 여유가 없는 꽉 찬 수, 그래서 다음도 없고 다음다음도 없이 아주 끝나 버린 수라는 점에서, 아홉은 열보다 많고, 열보다 크

---

* 중양절 세시 명절의 하나로 음력 9월 9일을 이르는 말. 이날 선비들은 시를 짓고 각 가정에서는 국화전을 만들어 먹었다.

고, 열보다 높고, 열보다 깊고, 열보다 넓고, 열보다 멀고, 열보다 긴 수였으며, 그리하여 다음, 또 그다음, 그도 아니면 그 다음다음을 바라볼 수 있는, 미래의 꿈과 그 가능성의 수였기에, 슬기롭고 끈기 있는 우리의 선조들에게 일찍부터 열보다 열 배도 넘는 사랑을 담뿍 받아 왔던 것입니다.

하물며 여러분은 지금 한창 자라고, 한창 배우고, 한창 놀아야 할 중학생입니다. 여러분은 지금 무엇 한 가지도 완벽할 수가 없으며, 항상 어딘가가 부족하고 어설픈 것이 오히려 정상적인 학생입니다. 행여 무엇이 남들보다 모자란 것이 아닌가 싶어서 스스로 괴로워하고 외로워하고 서글퍼해 온 학생이 있다면, 어떨까요, 이제부터라도 열이란 수보다 아홉이란 수를 더 사랑해 보는 것은.

이문구 1941~2003

소설가. 서라벌예술대학 문예창작과를 졸업하고 1966년 『현대문학』을 통해 등단했다. 지은 책으로 소설집 『이 풍진 세상을』『관촌 수필』『우리 동네』『유자소전』『내 몸은 너무 오래 서 있거나 걸어왔다』, 산문집 『소리 나는 쪽으로 돌아보다』『나는 남에게 누구인가』『줄반장 출신의 줄서기』 등이 있다.

# 말과 침묵[*]

류시화

    한국을 떠나 미국의 애리조나주 투손시의 인디언 축제에 참가했을 때의 일이다. 인디언 천막 안에서 인디언 노인들과 흥미 있는 대화를 주고받으리라 기대했던 나는 아주 뜻밖의 일을 경험했다. 천막 안으로 들어가 그들과 마주 앉자마자, 나는 내 소개를 하기 시작했다. 나는 글을 쓰는 작가이며, 인디언 세계에 무척 관심이 많고, 잘 부탁한다는 말까지 잊지 않았다. 인디언들의 철학과 역사를 많이 알고 있다는 것도 넌지시 내비쳤다.

    그런데 그들은 아무런 반응도 보이지 않았다. 다만 허리를 꼿꼿이 세우고 묵묵히 앉아 있을 뿐이었다. 천막 안이 어슴푸레해서[*] 그들의 시선이 나를 향하고 있는 건지 허공을 바라보

---

• 교과서(미래엔)에는 '나의 모국어는 침묵'이라는 제목으로 실려 있다.
• 어슴푸레하다 빛이 약하거나 멀어서 어둑하고 희미하다.

고 있는 건지도 알 수 없었다.

천막마다 그런 식이었다. 아마도 그들이 나를 불청객*으로 여기는 모양이라고 생각했다. 축제에 참석한, 잘난 체하는 이방인*의 침입을 부정 타는* 일로 여길 법도 했다. 결국, 별다른 대화도 나누지 못한 채 천막마다 구부리고 들어가느라 허리만 뻐근했다.

훗날에야 나는 그것이 인디언 부족들의 전통인 것을 알았다. 누군가를 만나면 그들은 대화를 시작하기 전에 그렇게 한동안 침묵으로 상대방을 느끼는 것이다. 자기 앞에 있는 존재를 가장 잘 느끼는 방법은 말을 통한 것이 아니라 침묵을 통한 것임을 그들은 깨닫고 있었다.

그 후 미국에서 돌아와 나는 누군가를 만날 때마다 인디언들 흉내를 내고는 했다. 상대방의 존재를 느낀답시고 입을 다물고 5분이고 10분이고 앉아 있었다. 그 결과, 아주 괴팍하고* 거만한 사람이라는 평을 듣게 되었다. 침묵은 흉내가 아니라 존재의 평화로움에서 저절로 나오는 것임을 미처 몰랐다.

어쨌거나 인디언들과 만남은 내게 새로운 경험이었다. 그들은 땅을 사랑하고, 벌레들이 날개 치는 소리를 사랑하고, 한겨울 들소의 코에서 나오는 덧없는* 입김을 사랑했다. 그 세계에

• 불청객 오라고 청하지 않았는데도 스스로 찾아온 손님.
• 이방인 다른 나라에서 온 사람.
• 부정 타다 깨끗하지 못한 일, 불길한 일로 해를 입다.
• 괴팍하다 붙임성이 없이 까다롭고 별나다.
• 덧없다 보람이나 쓸모가 없어 헛되고 허전하다.

이끌린 나머지, 나는 미국에 갈 때마다 자주 그들이 모여 사는 곳을 기웃거리게 되었다. 나 역시 머리를 땋고 인디언 팔찌를 하고 다녔다.

몇 번의 여행을 인디언들과 함께하면서 나는 그들에게서 두 개의 인디언식 이름을 얻었다. 그중의 하나가 '너무 많이 말해'였다. 내가 뭘 얼마나 떠들었기에 그런 식으로 나를 부르는가 따지고 싶었지만, 그랬다가는 '너무 많이 따져'라는 이름을 또 얻게 될까 봐 그럴 수도 없는 노릇이었다.

그렇다. 고백하지만, 나는 그들의 침묵에는 턱없이 모자랐고, 그들의 말에는 더없이 넘쳐 났다. 나는 이 생에서 쓸데없는 말을 너무 많이 하며 살고 있지 않은가?

라코타족 인디언인 '서 있는 곰'은 말한다.

"침묵은 라코타족에게 의미 깊은 것이었다. 라코타족은 대화를 시작할 때, 잠시 침묵하는 것을 진정한 예의로 알고 있었다. '말 이전에 침묵이 먼저'라는 것을 알았던 것이다. 슬픈 일이 닥쳤거나 누가 병에 걸렸거나, 또는 누가 죽었을 때, 나의 부족은 먼저 침묵하는 것을 잊지 않았다. 어떤 불행 속에서도 침묵하는 마음을 잃지 않았다."

인디언들은 여러 부족으로 이루어져 있고, 부족마다 언어도 매우 다르다. 그래서 나는 인디언을 만나면 그들의 부족 언어를 묻곤 했다.

"당신의 모국어는 무엇입니까?"

그러면 그들은 이렇게 답하곤 했다.

"우리의 모국어는 침묵입니다."

류시화 1959~

시인. 경희대학교 국어국문학과를 졸업하고, 1980년 한국일보 신춘문예에 시가 당선되어 등단했다. 시집 『그대가 곁에 있어도 나는 그대가 그립다』 『외눈박이 물고기의 사랑』 『사랑하라 한번도 상처받지 않은 것처럼』, 산문집 『삶이 나에게 가르쳐준 것들』 『딱정벌레』 『달새는 달만 생각한다』 『하늘호수로 떠난 여행』 『지구별 여행자』 등이 있다.

# 자유를 향한 질주

### ─영화 「스피릿」을 추천하며

이승민·강안

"명예에는 책임이 따르는 법."이라는 말이 귀에서 맴돕니다. 이 영화의 키워드라고 해야 할 것 같습니다.

이 영화는 미국 서부 개척 시대 삼림과 초원을 배경으로 펼쳐지는 야생마 '스피릿'의 이야기입니다. 애니메이션을 통해 그려지는 대자연의 아름다움은 작곡가 한스 짐머의 음악과 가수 브라이언 애덤스의 노래와 어우러져 더욱 돋보입니다.

야생마 무리의 지도자가 된 스피릿은 어느 날 야생마 포획꾼들에게 붙잡혀 군마로 길들여지게 됩니다. 그러나 그 누구도 길들일 수 없는 스피릿. 그는 자유를 향해 몸부림칩니다.

당시 인디언들은 인디언 사냥꾼인 백인 병사에게 쫓겨 늘 불안한 생활을 했습니다. 인디언 소년 '리틀 트릭' 또한 스피릿과 마찬가지로 백인 병사에게 붙잡히는 신세가 되지만 결국 둘은 의기투합하여 탈출합니다. 동병상련의 아픔을 나누게 된 것이지요.

그것도 잠시, 스피릿은 또다시 붙잡히고 맙니다. 함박눈이 펑펑 내리는 날, 열차에 실려 어디론가 끌려가는 스피릿에게 희망은 없는 듯합니다. 그러나 스피릿은 고향으로 가는 꿈을 포기하지 않습니다.

스피릿은 인디언 마을을 통과하는 철도의 기관차를 옮기는 일에 참여하다가 그것이 인디언들의 삶의 터전을 빼앗는 일임을 알게 됩니다. 그는 기관차 운반을 중단시키기 위해 전력을 다하고 탈출하려 하지만 쇠사슬에 걸리는 바람에 가슴을 태웁니다.

그러나 "하늘이 무너져도 솟아날 구멍은 있다."라고 했던가요? 인디언 소년 리틀 트릭의 도움으로 위기를 모면한 스피릿은 평화를 앗아 간 기관차 폭발을 바라보며 대자연의 평화 속으로 돌아갑니다. 그곳에는 그가 사랑했던 암말 '레인'이 기다립니다. 그러나 그것도 잠시입니다. 스피릿에게는 자유와 사랑이 쉽게 허락될 것 같지 않습니다.

인디언 마을을 습격한 백인 병사들과 맞서다 급류에 떠내려 간 레인을 구하려던 스피릿은 병사들에게 붙잡히고 맙니다. 스피릿은 몸부림칩니다. 하지만 구원자는 언제나 나타나는 법. 리틀 트릭의 도움으로 스피릿은 다시 고향의 대자연 속으로 돌아오게 됩니다. '나는 돌아갈 거야. 우리가 돌아갈 수 있는 곳, 견뎌 내기만 한다면…….' 끝없는 초원을 뛰어가며 스피릿은 대자연을 만끽합니다. '그녀' 레인과 함께.

음악은 스피릿의 내면을 그려 내고 있습니다. 이 영화에서 음악은 자유를 향한 스피릿의 집념과 의지를 이끌어 가는 중요한 요소입니다. 힘이 느껴집니다. 미국 서부 그랜드캐니언의 신비와 대자연이 시원스럽게 펼쳐지며 그 무엇에도 구속받지 않고 비상의 날개를 펼친 야생마들이 우리에게 한마디 말을 건네는 듯합니다. "당신들은 자유로운가요?"라고.

그러나 자유에는 반드시 책임도 따라야 한다는 것 또한 잊지 마세요. 스피릿이 자신의 야생마 무리를 위해 책임을 다하듯 말입니다.

---

이승민
변호사. 한양대학교 행정학과를 졸업하고 서울대학교 행정대학원을 마쳤다. 지은 책으로 『떨어지는 공부, 합격하는 비결』 등을 펴냈다.

---

강안
동화 작가. 숙명여자대학교 대학원에서 국문학을 전공하고, 1985년 『아동문예』 신인문학상을 수상하며 동화 작가로 등단했다. 지은 책으로 동화 『참나무숲이 된 교실』 『아기구름 하양이』 등이 있다.

# 물건들

부희령

한밤중에 고속 도로 휴게실에 앉아 커피를 마시고 있었다. 바로 옆에는 인형 뽑는 기계가 놓여 있었다. 투명한 통 밑바닥에 인형들이 겹겹이 깔려 있고, 버튼을 눌러 조종하면 아래위, 양옆으로 움직이는 갈고리가 매달려 있는 기계. 나는 좀 난데없다*는 생각을 하며 인형들을 멍하니 바라보았다. 엎어져 있거나 널브러져 있는 노랑, 분홍, 파랑 봉제 인형들은 대체로 동그란 눈에 펑퍼짐한 코를 지녔다. 입은 대부분 달려 있지 않지만, 입이 있는 것들은 모두 입꼬리를 끌어 올린 채 영혼 없이도 행복한 미소를 짓고 있었다.

그때 소풍이라도 갔다 온 것처럼 들떠 보이는 두 사람이 나타났다. 인형을 잡거나 떨어뜨릴 때마다 나도 마음을 졸이며 지켜보았다. 마침내 두 사람의 환호성과 함께 인형 하나가 출

---

* 난데없다 갑자기 불쑥 나타나 어디서 왔는지 알 수 없다.

구로 굴러 나왔다. 커피를 다 마신 구경꾼도 자리에서 일어났다.

화장실에 들렀다가 주차장으로 걸어가는데 인형 기계 근처 탁자 위에 곰인지 토끼인지 혹은 고양이인지 알 수 없는 분홍색 물건이 놓여 있는 게 눈에 띄었다. 아까 기계에서 뽑혀 나온 인형이 틀림없었다. 왜 두고 갔을까? 화장실 가는 길에 웃음 섞인 말소리를 얼핏 들었던 것도 같다. 너무 못생겼어……. 짝퉁이잖아……. 그래도 함께 애쓰며 즐거워하던 시간의 흔적인데 설마 두고 갔을까. 혹시 잃어버린 건 아닐까? 손을 뻗어 인형을 만져 보려다 그만두었다. 가져갈 생각도 없는 사람의 손을 타 봤자 인형으로서는 두 번 버림받는 꼴이다. 걸어가다가 인형 뽑는 기계를 돌아보았다. 투명한 벽 너머 환한 불빛 아래 앉아 있고 고꾸라져 있는 인형들. 세상에는 물건들이 너무 많다.

그날 방문했던 집에서 본 물건이 떠올랐다. 집주인의 어머니가 쓰던 낡은 반닫이*였는데, 장식이 거의 없고 나뭇결이 그대로 드러나 있는 소박한 물건이었다. 집주인은 자기가 어렸을 때 반닫이에 자꾸 낙서를 해서 어머니에게 꾸중을 듣곤 했는데, 낙서를 지운 흔적이 여전히 희미하게 남아 있어서 이따금 만져 보기도 하고 들여다보기도 한다고 했다. 그 말을 들으면서 잠시 어지러웠다. 먼 옛날 누군가가 어떤 물건에 남긴 흔적

---

• 반닫이 앞의 위쪽 절반이 문짝으로 되어 아래로 젖혀 여닫게 된, 궤 모양의 가구.

이, 그 속에 영혼처럼 스며든 이야기가, 겹겹이 쌓인 시간의 결이 해일처럼 내게 밀어닥쳤다. "저 속에는 우리 집에서 가장 소중한 것들만 넣어 두었지요. 어머니께 소중한 것, 나에게 소중한 것, 그런 것들만 저 속에 들어갈 자격이 있어요." 왜 아니겠는가. 물건에도 자격이라는 게 있을 것이다. 나는 고개를 끄덕였다.

사람과 사람 사이에 오고 가는 것이 사람과 다른 생물 사이에, 사람과 물건 사이에도 오고 가고 있다고, 나는 믿는다.

사람들뿐만 아니라 다른 생물과 물건 또한 나와 시간을 나누고 있으니까. 내 주위를 둘러싸고 있으면서 나를 세상 속에 있게 하는 것들이니까. 오래 사용했던 물건, 소중히 여겼던 물건이 낡고 망가져도 버리기 힘든 것은 그 속에 내가 스며 있기 때문이다. 한낱 물건이라고 해서 함부로 만들어서 소유하고, 함부로 내버릴 일이 아니다. 나를 품은 채 버려진 물건들이 어디로 가서 무엇이 될 것인지 생각해 본다면.

커다란 양팔 저울의 한쪽 끝에 내 삶을 올려놓고, 반대편에는 내 손을 거쳐 갔고 거쳐 갈 물건들을 쌓아 놓는다고 상상해 본다. 아, 물건들이 너무 많다. 저울이 기울어 자꾸 미끄러지고 무너져 내린다. 쓰레기 더미 속에 묻혀 버린 균형을, 대칭을, 존중을 되찾고 싶다.

부희령

소설가. 2001년 경향신문 신춘문예로 등단했다. 지은 책으로는 청소년 소설 『고양이 소녀』 『엄마의 행복한 실험실: 마리 퀴리』 『꽃』 등이 있다.

# 인쇄 중에도 문장 고쳐 쓴 발자크

고두현


　등장인물이 2,400여 명에 이르는 『인간희극』 시리즈의 프랑스 작가 오노레 드 발자크(1799~1850). 그는 수없이 원고를 고치고 다듬은 '고쳐쓰기의 달인'이었다. 한 쪽을 쓰기 위해 60장 이상을 새로 쓰고 또 고쳤다.

　이미 끝낸 소설을 열여섯 번까지 수정하기도 했다. 단조로운 묘사는 풍부하게, 늘어지는 이야기는 속도감 있게, 대화체는 더 생생하게 손질했다. 그 덕분에 그의 소설은 어느 작품보다 사실적이고 재미있으며 생동감이 넘쳤다.

　원고를 인쇄소에서 조판한˚ 뒤에도 그는 끊임없이 고쳤다. 출판사들은 그를 위해 특별 교정지˚를 준비해야 했다. 한가운데에 활자를 찍고 위아래와 양옆에 넓은 여백을 마련해 고쳐

---

˚ 조판하다 활자를 배치하여 인쇄할 수 있게 판을 짜다.
˚ 교정지 조판한 인쇄물의 잘못된 글자 등을 바로잡기 위하여 임시로 찍어 낸 종이.

쓸 수 있도록 했다. 그는 여기에 고친 문구와 더할 문장들을
빽빽하게 써넣었다. 여백이 모자라면 뒷면에 이어 쓰고, 그것
도 부족하면 다른 종이에 따로 써서 풀로 붙였다.

인쇄소 직원들은 비명을 질렀다. 특별히 훈련받은 식자공*마
저 손을 내저었다. 우여곡절 끝에 나온 새 교정쇄*를 받고도
그는 고쳐쓰기를 멈추지 않았다.

"안 되겠어. 어제 쓴 것, 그제 쓴 것, 모두 마음에 들지 않아.
뜻은 뚜렷하지 않고 문장은 혼란스럽고 문체는 잘못됐고 배치
도 너무 어려워! 모든 걸 바꿔야 해. 더 뚜렷하게, 더 분명하

* 식자공 인쇄소에서 원고대로 골라 뽑은 활자를 조판하는 사람.
* 교정쇄 인쇄물의 교정을 보기 위하여 임시로 조판된 내용을 찍는 인쇄.

게!"

　교정지만 일곱 번 고친 일도 있었다. 추가 비용이 너무 많이 들어 출판사가 어려워하면 자기 호주머니를 털었다. 이런 식으로 원고료의 절반 이상, 전부까지 다 날린 게 10여 차례나 된다. 한번은 어떤 신문사가 끝없이 계속되는 그의 교정에 지쳐 마지막 수정본을 기다리지 않고 신문에 싣자 발자크는 그 신문사와 '영원한 절교'를 선언하기도 했다. 인쇄기가 돌아가는 중에도 그의 문장 다듬기는 계속됐다. 이 때문에 출판사들은 초판본*을 낸 지 얼마 지나지 않아 수정본을 잇달아 내야 했다.

• 초판본 처음 찍어 낸 책.

고두현 1963~
시인. 1993년 중앙일보 신춘문예로 등단하고, 신문사 기자로 일했다. 지은 책으로 시집 『늦게 온 소포』 『물미해안에서 보내는 편지』 등이 있다.

# 글쓰기는 재능의 문제일까요?

김주환

　글을 쓰려면 재능이 있어야 한다고 생각하는 사람들이 많습니다. 훌륭한 작가들은 천부적인 재능을 타고난 사람들이기 때문에 그들처럼 글을 잘 쓰기 어렵다는 것입니다. 대부분의 청소년은 자신이 글쓰기에 재능이 없다고 생각하여 글쓰기를 부담스럽고 힘든 일로 여깁니다.

　글쓰기가 재능의 문제라고 생각하는 것은 두 가지 점에서 좋지 않은 영향을 미칩니다. 먼저 훌륭한 작가들이 글쓰기에 기울이는 시간과 노력의 가치를 가볍게 여기게 됩니다. 작가들은 글을 쓰기 위하여 자료 조사를 엄청나게 하고 주제를 깊이 있게 탐구하며 철저하게 계획을 세우고 초고를 씁니다. 그리고 며칠을 두고 초고를 읽으면서 문제점이 없는지 살피고, 문제가 발견되면 다시 자료 조사를 하면서 글을 고칩니다. 이런 과정을 끝도 없이 반복한 뒤에 드디어 작가들은 한 편의 글을 완성하는 것입니다.

　재능이 있어야 글을 잘 쓸 수 있다는 생각은 또한 글쓰기 경험이 부족한 사람들의 노력을 무의미하게 만듭니다. 만일 여러분이 글쓰기가 힘들고 어렵게 느껴진다면 그것은 글을 써 본 경험이 많지 않거나 글쓰기에 관해서 공부한 적이 별로 없기 때문입니다. 글도 써 본 사람이 잘 쓰기 마련입니다. '나는 글쓰기에 재능이 없어.'라고 생각한다면 글을 잘 쓰기 위한 노력을 할 필요조차 없게 되는 것이죠.

　여러분은 아니 우리 모두는 누구나 작가입니다. 매일 에스엔에스(SNS)를 통해서 혹은 다른 전자 매체를 통해서 수많은 메시지를 주고받습니다. 개중에는 아주 짧은 문자 메시지도 있지만, 좀 긴 글도 있습니다. 여러분이 상대방에게 자신의 마음을 표현하기 위해서 어떤 이모티콘을 선택할지 고민하고 있다면 여러분은 이미 작가의 대열에 들어선 것입니다.

여러분은 매일 수백 편의 글을 쓰는 작가입니다. 여러분의 메시지가 상대방에게 긍정적인 느낌으로 받아들여지길 원한다면, 또는 학교 과제와 같이 특별한 목적이 있는 글쓰기에서 좋은 능력을 보이기를 원한다면 "글쓰기는 재능이다."라는 말이 아니라 "글쓰기는 노력이다."라는 말에 귀를 기울이는 것이 좋습니다.

김주환

안동대학교 교수. 서울대학교 국어교육과를 졸업하고 고려대학교에서 석사·박사 학위를 받았다. 지은 책으로 『교실 토론의 방법』 『현장국어교육의 길잡이』 『학생글로 배우는 글쓰기』 『청소년 거침없이 글쓰기 전략』 등이 있다.

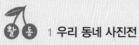 1 우리 동네 사진전

여러분은 '우리 동네' 하면 어떤 기억들이 떠오르나요? 하굣길에 친구와 같이 떡볶이를 먹으며 다정하게 걷던 길목, 영어 단어장을 손에 꼭 쥐고 외우며 기다렸던 버스 정류장, 우리 동네 터줏 대감 야옹이……. 친구들과 함께 자신의 특별한 추억이 깃든 우리 동네의 모습을 담아 소개하는 '우리 동네 사진전'을 열어 봅시다.

(1) 동네에서 자신의 추억이 깃든 장소를 찾아 사진을 찍어 봅시다.

(2) 다양한 표현을 활용하여 사진에 개성 있는 제목을 붙이고, 사진에 담긴 경험을 소개 하는 짧은 글을 적어 봅시다.

# 다 같이 돌자, 동네 한 바퀴!

　나무가 많아서, 혹은 양치기가 많아서 '목동'이란 이름을 갖게 되었다는 우리 동네. 하지만 오늘날에는 나무가 자라던 자리에 아파트가 숲을 이루고, 학원 간판이 우후죽순 솟아올랐다. 단지 목동에 산다는 이유만으로 종종 '특별한 시선'을 받을 때도 있지만, 우리는 여느 동네 친구들과 다름없이 '평범한' 중학교 2학년일 뿐이다. 밤늦도록 꺼지지 않는 학원 불빛 사이로 꿈의 별자리를 찾기도 하고, 어쩌다 학원 땡땡이를 시도하며 자유와 행복감을 만끽하는 우리들! 그 무섭다는 중2가 아닌 순수한 우리들의 이야기에 초대한다.

**가던 길, 놀러 가던 길, 학원 가던 길** 집 앞의 공원 길. 어린 시절 놀이터를 향해 신나게 달려가던 나를 위해 시원한 그늘을 만들어 준 나무들. 요즘엔 영어 단어장만 들여다보며 학원을 향해 발걸음을 재촉하다 보니 나무 그늘이 이렇게 깊어진 줄 몰랐다. (사진·글 장준혁)

**용돈이 사라진다, 너 때문에** 보기만 해도 정겨운 이곳은 용돈을 빼앗아 가는 나쁜 친구이기도 했지만 나에게 즐거움을 주는 좋은 친구이기도 했다. 배가 출출해지는 방과 후에 서정분식에서 떡볶이와 슬러시를 종종 사 먹으며 허기를 달래곤 했다. 둘리문구는 나도 모르는 사이에 용돈을 사라지게 하는 주범이었다. (사진·글 김지훈)

**너는 그대로인데 나는 훌쩍 커 버렸다** 어렸을 때부터 자주 가던 어느 카페 입구의 계단이다. 계단 뒤에는 정원이 있는데, 그곳에서 숨바꼭질도 하고 책도 읽으며 시간을 보내곤 했다. 어렸을 때에는 그 정원이 정말 크고 신기한 모험의 세계 같았는데, 크고 나서 와 보니 그저 조그만 정원이라는 생각이 든다. 몸과 마음이 자라는 동안 내 비밀의 공간은 그대로 남아 있었다.

(사진·글 김정희)

**고생 끝에 언젠간 돌아올 낙** 아파트 단지 안에 있는 테니스장이다. 이곳에서 엄마와 초등학교 4학년 때부터 테니스를 배우기 시작했지만 시간이 지날수록 흥미도 느끼지 못해서 그만뒀다. 지금은 엄마와 동생이 강습을 받고 있고, 나는 가끔씩 구경 가면서 다시 시작하고픈 마음도 들기도 한다. 나도 노력하면 언젠가 낙이 오겠지? (사진·글 이윤서)

**참 좋을 때다!** 지금은 중학생이 되어 학원과 시험 틈에 껴 바쁘게 살아가고 있다. 저 초등학교 근처를 지나갈 때마다 운동장에서 아무 걱정 없이 재밌게 뛰어노는 아이들이 정말 부럽다. 영원할 것 같지? 너네도 금방이야~ (사진·글 현민예)

## 2 청소년에 대한 글쓰기: 우리는 ○○○입니다

「우리는 열대어입니다」는 청소년의 특징을 열대어에 비유하여 쓴 글입니다. 약하고, 진화하고, 혼자 두면 안 되는 특징을 가진 열대어에 청소년을 빗대어 주제를 효과적으로 전달합니다. 자신이 생각하는 우리 청소년의 특징은 무엇인지, 청소년을 무엇에 비유할 수 있는지 생각해 봅시다.

(1) 자신이 생각하는 청소년의 특징을 나열해 봅시다.



(2) (1)에서 적은 특징과 관련하여 청소년을 빗댈 수 있는 대상과 그 이유를 생각해 봅시다.



(3) '우리는 ○○○입니다'라는 제목으로 글을 써 봅시다.

**학생 예시 글**

(1) 자신이 생각하는 청소년의 특징을 나열해 봅시다.

> 예민하다. 다른 사람의 영향을 잘 받는다. 조금 비관적이다.

(2) (1)에서 적은 특징과 관련하여 청소년을 빗댈 수 있는 대상과 그 이유를 생각해 봅시다.

> - 빗댈 수 있는 대상: 스노볼
> - 그 이유: 조금만 건드려도 안의 가루들이 흩날리는 것이 바깥의 영향을 잘 받는 청소년과 닮았다. 각각의 스노볼 속에 담긴 보석들이 청소년이 가지고 있는 꿈과 가치관과 비슷하다.

(3) '우리는 ○○○입니다'라는 제목으로 글을 써 봅시다.

## 우리는 스노볼입니다

송윤솔(학생)

여러분은 '스노볼'을 본 적이 있나요? 저는 초등학교 3학년쯤 친구 집에 놀러 가서 처음으로 그것을 보았습니다. 스노볼 안의 다채로운 보석을 닮은 산호초와, 흔들면 내리는 연한 분홍빛 가루들의 향연, 그리고 그걸 담고 있는 동그란 유리볼은 어쩌나 아름답던지 그때만큼은 아기자기한 소품에 관심이 없는 부모님이 원망스러웠습니다. 그렇지만 제가 더 놀랐던 부분은 책장에서 햇빛을 받아 반짝이던 십여 개의 스노볼들을 보았을 때였습니다. 친구는 자랑스럽게 그것을 보여 주며 원하는 것 하나를 주겠다고 했습니다. 어린 저의 온 마음은 그 한마디에 기쁨으로 차올랐죠. 받은 스노볼이 혹여나 깨질까 조마조마하며 두 손으로 받쳐 왔던 기억이 납니다.

청소년이란 무엇일까요? 어른들은 멋진 말로 우리를 표현해 주지만 저는 잘 모르겠습니다. 저와 제 친구들의 모습을 생각해 보면 가장 먼저 드는 생각이 다른 사람의 영향을 잘 받는다는 것입니다. 마치 바깥의 작은 흔들림에도 빛나는 가루들의 폭풍 때문에 뿌옇게 변해 버리는 스노볼처럼 다른 사람의 말 한마디, 행동 하나에도 우리의 마음에서는 커다란 폭풍이 휘몰아칩니다. 그 폭풍들은 어쩌면 우리 안의 보석들과 시야를 가리는 폭풍일지도 모릅니다. 우리는 늘 감정적이기에, 고집불통이기에 답답해 보일 수 있습니다. 하지만 유리볼이 단단해 보인들 너무나 잘 흔들리고 깨져 버립니다. 우리는 흔들리다 지치기도 하고 가끔은 흔들리는 자신이 싫어지기도 합니다. 하지만 그렇기에, 그럴 수 있기에 더 크게 휘몰아칠수록 우리는 아름다운 것 아닐까요?

제 친구들을 살펴보면 점점 자신의 개성이 드러나는 친구들이 많습니다. 제법 어른다운 생각을 가진 아이들도 있죠. 하지만 그들의 공통점은 자신의 마음속에 저마다의 개성 있는 보석을 만들어 가고 있다는 것입니다. 청소년기의 가장 중요한 과제는 자신의 가치관과 인격을 만들어 가는 것이라고 생각합니다. 그걸 알고 있기에 우리는 더 혼란스러워하고, 무엇을 해야 하는지 모르는 것이죠. 우리 안의 보석은 매 시간 흔들릴 때마다 변화합니다. 우리가 꿈꾸는 멋진 어른이 되기 위해 우리의 보석을 다듬습니다. 그렇지만 보석은 우리가 원하고 꿈꾸는 방향과는 다른 방향으로 바뀌어 버릴 때가 많죠. 그것은 사라지기도 하고, 가끔은 흉하게 일그러지기도 합니다. 어른이 된다는 건, 그 큰 흔들림에도 자신의 보석을 지켜 낼 수 있게 되는 걸까요? 그렇게 더 이상 사라지지도, 일그러지지도 않는 잘 다듬어진 보석을 안고 살아갈 수 있게 되는 걸까요? 어른이란 존재는 너무나 단단해 보입니다. 어른이 된다는 게 어떤 것인지 잘 모르겠습니다. 하지만 어쩌면 경험이 많아진다는 건, 그만큼 책임을 지게 되어 지금보다 망설여야 하는 것이 많아진다는 의미일지도 모릅니다. 어른이 된다는 건 덜 흔들리는 만큼 보석을 다듬는 데 무뎌지는 것일까요? 그렇다면 저는 지금 최대한으로 흔들려야겠습니다. 언젠가 어른이 되었을 때 지금보다 아름답고 소중한 나의 보석을 가질 수 있도록 더 흔들리고, 넘어져 보아야겠습니다.

## 작품 출처

KBS「명견만리」제작진 「착한 소비, 내 지갑 속의 투표용지」, 『명견만리: 미래의 기
　　　회 편』, 인플루엔셜 2016(KBS「명견만리」2015년 12월 11일자 방송)
고두현　　「인쇄 중에도 문장 고쳐 쓴 발자크」, 『한국경제』 2017년 9월 1일자
『과학동아』 집필진 「명태의 귀환」, 『과학동아』 2017년 3월호
권용선　　「읽으면 읽을수록 좋은 만병통치약」, 『읽는다는 것』, 너머학교 2010
김경은　　「한·중·일 삼국의 젓가락」, 『한·중·일 밥상 문화』, 이가서 2012
김문태　　「서당 일일 훈장이 된 김득신」, 『세상을 바꾼 위대한 책벌레들 1』, 뜨인
　　　돌어린이 2006
김상윤　　「우린 열대어입니다」, CBS「세상을 바꾸는 시간, 15분」 2015년 9월 16
　　　일자 방송.
김선우　　「지렁이 울음소리를 들을 수 있는 세상」, 『부상당한 천사에게』, 한겨레
　　　출판 2016
김정훈　　「정전기가 겨울로 간 까닭은?」, 『맛있고 간편한 과학 도시락』, 은행나무
　　　2009
김주환　　「글쓰기는 재능의 문제일까요?」, 『청소년 거침없이 글쓰기: 전략』, 우리
　　　학교 2016
나희덕　　「실수」, 『반통의 물』, 창작과비평사 1999
대럴 허프　「사람 눈을 속이는 그래프」, 『새빨간 거짓말, 통계』, 박영훈 옮김, 더불
　　　어책 2004
류시화　　「말과 침묵」, 『나는 왜 너가 아니고 나인가』, 더숲 2017
문세영　　「외향적인 사람이 강하다?」, 『코메디닷컴뉴스』(www.kormedi.com) 2017
　　　년 1월 14일자
문정희　　「흙을 밟고 싶다」, 『바라보는 것만으로도 난 행복하다』, 문학풍경 1999
박웅현　　「『토지』는 히까닥하지 않았다」, 『인문학으로 광고하다』, 알마 2009
부희령　　「물건들」, 『한국일보』 2017년 2월 13일자
서동준　　「우리는 왜 간지럼을 느낄까」, 『동아사이언스』 2016년 6월호
성석제　　「맛있는 책, 일생의 보약」, 국립어린이청소년도서관 누리집
세번 컬리스 스즈키 「세상의 모든 어버이들께」, 류지이 옮김, 김수현·정수희·최은
　　　숙 엮음 『국어 교과서 작품 읽기: 중2수필』(2014 개정판) 창비 2013
염지현　　「퍼지 이론」(원작: EBS Math 제작팀), 『최소한의 수학 지식』, 가나출판사

2017

우종영　「보잘것없는 나무들이 아름다운 이유」, 『나는 나무처럼 살고 싶다』, 걷
　　　　는나무 2009

윤덕원　「노래를 만들고 부르는 사람」, 국립어린이청소년도서관 누리집

이문구　「열보다 큰 아홉」, 『끝장이 없는 책』(이문구 전집 19), 랜덤하우스 2005

이미애　「따뜻한 조약돌」, 『TV동화 행복한 세상 1』, 샘터 2002

이승민·강안　「자유를 향한 질주: 영화 「스피릿」을 추천하며」, 『청소년을 위한 추천
　　　　영화 77편 1』, 씨네21 2006

이충렬　「간송 전형필, 『훈민정음해례본』을 구하다」, 『간송 전형필』, 김영사
　　　　2010

조준현　「중학생도 세금을 내나요」, 『중학 독서평설』 2012년 2월호

최은숙　「아끼다가 똥 될지라도」, 『미안, 네가 천사인 줄 몰랐어』, 샨티 2006

최재천　「서로 돕는 사회」, 『최재천의 인간과 동물』, 궁리 2007

함영훈　「정보를 담은 그림, 픽토그램」, 『좋아 보이는 것들의 비밀, 픽토그램』,
　　　　길벗 2013

# 수록 교과서 보기 〜〜〜〜〜〜〜〜〜〜〜〜〜〜〜〜〜〜〜〜〜